Pasión en
Río de Janeiro

Jennie Lucas

Bianca™

HARLEQUIN™

Capítulo 1

EMBARAZADA.

Cuando Ellie Jensen salió de la boca de metro todavía estaba temblando. No se percató del hecho de que tras un largo y gris invierno, finalmente Nueva York se había rendido a una brillante primavera.

Pero ella estaba helada. No sentía los dedos de los pies ni de las manos desde que aquella misma mañana había visto los resultados de la prueba de embarazo... aquellas dos rayitas rosas.

Embarazada.

Se iba a casar en seis horas y estaba embarazada.

Del bebé de otro hombre.

Del bebé de su jefe.

Se detuvo en seco delante del edificio Serrador. Miró la trigésima planta y sintió cómo el pánico se apoderó de ella.

Diogo Serrador, el oscuro y despiadado magnate del acero para el que llevaba trabajando un año, iba a ser padre.

Todavía recordaba cómo, durante la apasionada noche que habían pasado en el Carnaval de Río, él le había dicho que no la podía dejar embarazada. Le había susurrado al oído que no se preocupara ya que sería imposible.

¡Y ella le había creído!

No comprendía cómo había sido tan estúpida. Había sido presa del tópico más antiguo del mundo; una inocente chica de pueblo que se muda a la gran y peligrosa ciudad para dejarse seducir por su arrogante, rico y extremadamente sexy jefe.

Debía haber dejado la empresa en Navidades, cuando lo hizo Timothy. Pero había seguido trabajando allí, como si algo fuera a impedir que perdiera la ciudad que amaba, la vida que le encantaba, al hombre que...

Dejó de pensar en eso y se dijo a sí misma que sólo había sido un encaprichamiento. Un salvaje encaprichamiento al que le había seguido una seducción.

Sabía que la noticia de su embarazo no convertiría a Diogo en padre. El famoso *playboy* tenía infinidad de mujeres a su disposición, mujeres a las que trataba como reinas cuando le apetecía para luego tratarlas como si fueran basura. Seguramente que ya se había olvidado de ella, una chica que llevaba ropa barata y que no tenía un aspecto muy atrayente.

Diogo Serrador... ¿un padre decente?

Lo más probable sería que le ofreciera dinero para que abortara.

—Oh... —dijo, cubriéndose la cara con las manos y maldiciendo a Diogo en voz alta.

Aunque aquel embarazo era muy inconveniente, había llegado a querer mucho a aquel bebé. Era su hijo. Su familia.

Pero sabía que Diogo tenía el derecho de conocer la noticia.

Entró en el edificio y se dirigió hacia los ascensores, donde tomó uno que la llevó a la trigésima planta.

Al llegar se dirigió con mucha determinación hacia las oficinas.

–Llegas tarde –espetó Carmen Álvarez cuando la vio–. Los números que me diste anoche no eran correctos. ¿Qué es lo que te ocurre, muchacha?

Ellie sintió cómo el suelo se movía debajo de sus pies al embargarla una sensación de náusea. Ya se había sentido mareada en dos ocasiones mientras se dirigía hacia allí en metro desde su pequeño apartamento en Washington Heights. Aunque en realidad llevaba sufriendo mareos desde hacía meses. Aquello debería haberle advertido, pero se había dicho a sí misma que su menstruación no era muy regular. No podía estar embarazada. ¡Diogo Serrador le había dado su palabra!

–¿Estás enferma? –le preguntó la señora Álvarez, frunciendo el ceño–. ¿O has estado de fiesta toda la noche?

–¿De fiesta? –contestó Ellie, riéndose levemente. Aquella mañana, cuando finalmente había sido capaz de subir la cremallera de su falda negra de tubo y de abrocharse los botones de su entallada camisa blanca, se había dirigido a una farmacia abierta las veinticuatro horas. Allí había comprado una prueba de embarazo–. No, no he estado de fiesta.

–Entonces es algún hombre –dijo Carmen–. Ya he visto esto antes. Espera ahí –ordenó la secretaria antes de contestar al teléfono–. Oficina de Diogo Serrador...

Otra de las secretarias que trabajaban allí se acercó a Ellie para darle unas palmaditas en el hombro.

–¿Has visto la fotografía del señor Serrador en los periódicos de esta mañana? –preguntó Jessica–. Llevó a lady Allegra Woodville a la cena benéfica de anoche. Es tan guapa y elegante, ¿no te parece? Pero claro, proviene de una familia de clase alta, al igual que él.

Ellie apretó los dientes y pensó que jamás debía haber confesado su encaprichamiento de Diogo... ni cuánto había sufrido tras haber estado con él en Río.

Jessica había esparcido unos malintencionados rumores por la oficina. En aquel momento, todo el personal que trabajaba para Diogo la consideraba una cazafortunas. ¡Ella, que nunca antes había besado a un hombre! ¡Había sido él quien la había tomado en brazos en Río!

Pero finalmente había renunciado a sus sueños y se había percatado de que su abuela tenía razón.

Su corazón no era lo suficientemente duro ni moderno como para sobrevivir a la vida en la gran ciudad. Se había dado por vencida.

Hacía tres semanas le había dicho que sí a Timothy. Éste había dejado su prestigioso trabajo como abogado en las oficinas Serrador para marcharse a trabajar al pequeño pueblo de ambos y abrir un bufete. Había insistido en que Ellie se marchara con él, pero ella se había negado.

Pero después de aquel día no tendría que volver a ver Nueva York... ni a Diogo. Se iba a casar con un hombre respetable que la amaba. Un hombre en el que podía confiar.

Claro, eso sería asumiendo que Timothy todavía la quisiera al enterarse de que estaba embarazada del hijo de otro.

La señora Álvarez colgó el teléfono y la miró.

—No sé qué has estado haciendo en tu tiempo libre, pero tu trabajo ha sido inaceptable. Ésta es tu última oportunidad...

La profunda voz de Diogo la interrumpió. Éste habló por el interfono de la oficina.

–Señora Álvarez, venga inmediatamente.

El pánico se apoderó del cuerpo de Ellie al oír aquella voz. Se le revolucionó el corazón.

–Sí, señor –contestó la secretaria ejecutiva. Entonces miró a Ellie de arriba abajo de manera crítica–. Necesito que hagas un nuevo análisis a conciencia de...

–No –susurró Ellie.

–¿Qué has dicho? –preguntó la señora Álvarez con el enfado reflejado en la cara.

Temblando pero muy decidida, Ellie miró a la mujer a la cara.

–Tengo que verlo.

–¡Desde luego que no! –espetó la secretaria.

–Déjala pasar –terció Jessica–. En cuanto la vea vestida con ese horrendo conjunto seguro que la despide.

Ignorando aquel hiriente comentario, Ellie comenzó a dirigirse al despacho del jefe.

–¡Detente inmediatamente! –le ordenó Carmen, poniéndose delante de ella–. Aquí no eres nadie y ya he soportado demasiado tu incompetencia. ¡Tu insolencia! Agarra tus cosas. ¡Estás despedida!

Desesperada, Ellie logró pasar por un lado de la señora Álvarez y entrar en el despacho de su multimillonario jefe.

Diogo Serrador estaba teniendo una semana infernal.

Tras un año de duro trabajo y de gastar millones de

dólares, su hostil toma de poder sobre Trock Nickel Ltd había fallado.

Porque había perdido su aliado entre los directores de aquella empresa.

Porque no había acudido a una importante cita.

Porque una de sus secretarias no había escrito correctamente la hora...

Y aquél sólo era el último de los errores de Ellie Jensen. Durante las anteriores semanas había observado cómo el trabajo de ella caía en picado hasta llegar a unos niveles ridículos. La había visto llegar tarde, marcharse antes de tiempo, alargar mucho la hora de comer y pasar demasiado rato en el cuarto de baño.

Maldiciendo, se levantó de su escritorio y comenzó a andar por delante de los grandes ventanales desde los que se veían los rascacielos de Manhattan y el parque Battery. A pesar de la inexperiencia de la señorita Jensen y de la manera en la que la había contratado... simplemente basándose en la recomendación del que había sido su jefe de abogados... se la había llevado consigo a Río para cubrir un importante acuerdo, ya que la señora Álvarez había estado enferma. Y Ellie Jensen había estado en camino de convertirse en una empleada muy valiosa para su empresa.

Pero había cometido el error de seducirla...

Apretó los dientes y se dijo a sí mismo que jamás debía haberla llevado a Río. Debía haberla despedido en Navidades junto con su traicionero abogado.

Se puso tenso al recordar la pálida cara de Timothy Wright cuando éste supo que él había descubierto lo que había hecho.

—Debería darme las gracias, señor Serrador —había dicho el hombre—. Le he ahorrado millones de dólares.

¿Darle las gracias? Lo que se merecía Wright era arder en el infierno.

Pero tuvo que admitir que quizá le gustaba tener a Ellie por la oficina. Al contrario que otras muchas secretarias, ella siempre había actuado de manera alegre y amable. No se había involucrado en los cotilleos y había añadido vitalidad a la oficina.

Hasta que se había acostado con ella.

Había sabido que la muchacha venía de un pueblo, pero como tenía veinticuatro años en ningún momento se le había pasado por la cabeza que fuera virgen. Si lo hubiera sabido, jamás la habría tocado. Las vírgenes se tomaban demasiado en serio las relaciones sexuales y lo veían como el comienzo de una relación. Además, normalmente eran aburridas en la cama.

Pero Ellie Jensen había sido encantadoramente sensacional, con aquellos preciosos ojos azules y aquel angelical pelo rubio. Había tenido un cuerpo tan fantástico que él había asumido que tenía mucha experiencia. Movido por el calor y la lujuria del Carnaval de Río había actuado en un impulso. Y había sido una noche maravillosa... Se excitaba con sólo recordarlo.

Pero había otras muchas mujeres bellas en el mundo y no estaba interesado en romper corazones inocentes.

Oyó cierto alboroto fuera de su despacho e, irritado, volvió a presionar el botón del interfono.

—¿Señora Álvarez? ¿A qué se debe el retraso?

La puerta del despacho se abrió abruptamente y Diogo se puso tenso.

—Por fin. Por favor, escriba lo siguiente...

Pero al levantar la vista, en vez de ver a su competente secretaria ejecutiva, vio a su cruz... la mujer que con su belleza e inocencia le había costado un acuerdo de un billón de dólares.

–¡Tengo que hablar contigo! –gritó ella, forcejeando con la señora Álvarez–. ¡Por favor!

–Señorita Jensen –espetó él. Entonces la miró detenidamente.

Ellie llevaba el pelo agarrado en una despeinada coleta y tenía ojeras. Su aspecto era realmente horrible y la arrugada ropa que llevaba le hacía parecer más gorda. Se preguntó qué le había ocurrido a su alegre y arreglada secretaria.

Sin duda la chica pretendía confesar su amor por él y suplicarle un compromiso... precisamente lo que él había tratado de evitar. Le habría gustado tenerla como amante durante más de una noche, pero se había negado a sí mismo aquel placer. La había ignorado deliberadamente con la intención de que la muchacha se percatara de que no tenía ningún futuro con él.

Le había sido difícil, sobre todo trabajando en la misma oficina. Muchas veces, al verla sentada en su puesto de trabajo, había deseado llevarla a su despacho y hacerle el amor sobre su escritorio, contra la pared, en el sofá de cuero... Pero se había contenido. Había tratado de ser noble.

Y aquél era el resultado; tres meses sin tener a ninguna mujer en su cama y la pérdida de un acuerdo de un billón de dólares.

–Lo siento, señor –se disculpó, jadeando, una furiosa Carmen Álvarez–. Traté de detenerla...

–Déjenos solos, señora Álvarez –contestó él.

–Pero, señor... –comenzó a responder la mujer.

Diogo la miró de tal manera que provocó que la señora Álvarez se marchara de inmediato y que cerrara la puerta tras de sí.

–Siéntese, señora Jensen –ordenó entonces él.

La muchacha no se movió. Con los brazos cruzados, lo miró amargamente.

–Creo que deberías comenzar a llamarme Ellie, ¿no te parece?

¿Ellie? Él nunca sería tan poco profesional como para tutear a un miembro de su personal.

–Siéntese –repitió.

En aquella ocasión Ellie obedeció. Se sentó en la silla que había frente al escritorio de él. Tenía un aspecto muy infeliz, como si estuviera enferma. Su mirada provocó que Diogo se sintiera culpable e intranquilo.

Obviamente el silencio de él no le había dejado las cosas claras a aquella mujer. Iba a tener que ser muy brusco y decirle que no tenía intención de tener ninguna relación seria.

Con suerte, Ellie aceptaría su decisión y volvería a ser una secretaria eficiente. Tenía que darle la oportunidad... ¡aunque si hubiera sido otro miembro de su personal el que le hubiera hecho perder un contrato tan importante lo hubiera echado sin pensarlo dos veces!

Pero no le podía hacer eso a Ellie. No después de haberla seducido en Río. No después de haber pervertido la inocencia de la única chica verdaderamente buena que había conocido en Nueva York.

–¿De qué quiere hablar conmigo, señorita Jensen? ¿Qué puede ser tan importante como para que casi se haya peleado con la señora Álvarez?

–Tengo... algo que decirte –contestó Ellie, tragando saliva.

–¿Sí?

Diogo esperó. Supuso que ella le iba a decir que lo amaba, que no podía vivir sin él...

–Me... me marcho –fue lo que dijo Ellie–. Dimito. De inmediato.

El alivio se apoderó del cuerpo de él. Pero a continuación sintió un profundo arrepentimiento.

Se sentó en su silla.

–Siento oír eso. Pero comprendo por qué quiere marcharse. Le escribiré una carta de recomendación que conseguirá que cualquier empresa de la ciudad la contrate.

–No –Ellie negó con la cabeza–. No comprendes. No necesito ninguna carta de recomendación. Me voy a casar.

Muy impresionado, Diogo se quedó mirándola.

–¿Se va a casar? –dijo, sintiendo cómo el pecho se le quedaba frío–. ¿Cuándo?

–Esta tarde.

–¡Qué rápido! –exclamó él, apretando los puños.

–Lo sé.

Diogo respiró profundamente. Durante los meses anteriores ella no había parecido estar muy abatida por lo que había ocurrido con él. Se percató de que no la había herido al seducirla y de que ella se había distraído con un nuevo romance. Debería sentirse feliz.

Pero algo parecido a una furia ciega se apoderó de su cuerpo. Por alguna razón, sintió ganas de darle un puñetazo al hombre que en poco tiempo tendría a Ellie Jensen en su cama todas las noches...

–¿Quién es él? –preguntó.

–¿Realmente te importa? –quiso saber ella, sentándose erguida en la silla.

–No –contestó Diogo, poniéndose tenso–. No.

Ellie se quedó mirándolo durante largo rato.

–Es cierto, ¿verdad? –dijo por fin, susurrando–. Para ti las mujeres son intercambiables. Las utilizas para organizar tu rutina, para que te hagan el café o para que te calienten la cama.

Él pensó que nunca antes había experimentado la sensación de que una mujer a la que todavía deseaba lo dejara. Se sintió furioso.

–Pues debe saber, señorita Jensen, que lo distraída que ha estado usted con su nuevo novio me ha costado perder el acuerdo Trock...

–¡Te he dicho que me llames Ellie! –gritó ella–. ¡Y no he terminado!

Diogo se cruzó de brazos y se forzó en esperar.

Ellie se levantó despacio de la silla en la que estaba sentada. Tenía los ojos acuosos y parecía estar muy emocionada.

–Siento lo del acuerdo Trock, Diogo, pero hay algo que debes saber –dijo en voz baja–. Voy... a tener un bebé.

¿Un bebé? Él se quedó helado. Ellie estaba embarazada del hijo de otro hombre.

Durante un momento le costó incluso respirar. Oyó el eco de una voz de mujer que le suplicaba en portugués...

–¿Te casarás conmigo, Diogo? ¿Lo harás?

Y más tarde la voz de un hombre que le hablaba en el mismo idioma.

–Me temo que está muerta, *senhor*. La han golpeado hasta matarla...

–¿Diogo?

La voz de Ellie le hizo volver al presente.

Embarazada. Aquello explicaba que hubiera ganado peso y su palidez. Había estado en la cama con otro hombre. Se preguntó cuántas veces habrían hecho el amor para que ella se quedara embarazada. ¿Tres veces a la semana? ¿Tres veces al día? El enfado que sentía se hizo aún más intenso. Desde que habían regresado de Río, él había sido tan célibe como un monje ya que había estado luchando día y noche para materializar el acuerdo Trock. Y mientras que él había estado culpándose a sí mismo por haber destruido la inocencia de aquella pobre muchacha, ella se había metido en la cama de otro hombre con toda tranquilidad.

–Ellie, eres una buena actriz, ¿verdad? –no pudo evitar decirle, mirándola. Comenzó a tutearla–. Haces muy bien el papel de la dulce chica inocente. Pero cuando te diste cuenta de que entregarme tu virginidad no iba a conseguir que me quedara contigo, te marchaste con otro hombre a toda prisa, ¿no es así? Y te quedaste *accidentalmente* embarazada. Supongo que será muy rico. Enhorabuena.

Ellie se quedó con la boca abierta y lo miró con los ojos como platos.

–¿Crees que me he quedado embarazada a propósito? –susurró–. ¿Que he forzado a un hombre a casarse conmigo?

–Creo que eres muy lista –contestó él con frialdad–. Durante todo este tiempo he pensado que eras muy diferente al resto de las mujeres... pero eres incluso peor. *Biskreta*, eres la mejor actriz que conozco.

–¿Cómo puedes siquiera pensar eso?

–Sólo tengo curiosidad por saber la identidad del pobre tonto –dijo Diogo despiadadamente–. Dime... ¿quién es el idiota que se dejó atrapar por ti?

En ese momento los ojos de Ellie se llenaron de lágrimas. Pero él acorazó su corazón frente a aquellas lágrimas de cocodrilo. No iba a permitir que le tomara el pelo. ¡Nunca más! Había estado preocupándose por sus sentimientos durante tres meses. Incluso se había contenido de llevarla a la cama por protegerla. ¡Y durante todo aquel tiempo lo único que había buscado Ellie había sido tener un anillo en el dedo!

–Tú crees que sólo un idiota se casaría conmigo, ¿no es así? –dijo ella.

–Efectivamente –contestó él fríamente–. Sólo unos pocos tontos se casarían con una mujer que los ha atrapado deliberadamente con un bebé.

A Ellie comenzaron a caerle las lágrimas por las mejillas.

–Eres una actriz envenenada –murmuró Diogo–. Has realizado una actuación maravillosa.

Ella lo miró y se rió.

–Tú jamás dejarás embarazada a ninguna mujer, ¿verdad, Diogo? –espetó–. ¡Te has asegurado de ello!

–*Sim*, así es –respondió él–. Jamás he conocido a ninguna mujer en la que pudiera confiar durante más tiempo del que conlleva seducirla.

–¿Eso es todo lo que tienes que decirme? –preguntó Ellie, susurrando–. ¿Después de que me sedujeras y de que me robaras la virginidad? ¿Después de tres meses de silencio no tienes otra cosa que decirme que no sean insultos?

Diogo sintió cómo un estremecimiento le recorrió el cuerpo. Pensó que Ellie Jensen era una cazafortunas y que era ridículo que le sorprendiera. Había muchas como ella.

–Tengo una pregunta que hacerte –dijo mordazmente–. ¿Por qué estás todavía aquí, en mi despacho? Has renunciado a tu trabajo sin previo aviso. Aunque la verdad es que te has convertido en una secretaria tan mala que me alegro de que te marches. ¿Pero por qué sigues aquí? ¿Tienes miedo de que tu futuro marido no te vaya a complacer en la cama y estás tratando de buscar un amante? Pues lo siento, pero yo no salgo con mujeres casadas.

–¡Eres detestable! –espetó ella, secándose las lágrimas.

–No, querida. Eso lo serás tú. Como empleada mía, te respeto. Pero me equivoqué contigo. Márchate, Ellie. Simplemente márchate.

–No te preocupes, Diogo –dijo ella con suavidad–. Jamás me volverás a ver.

En ese momento alguien llamó a la puerta y él se dirigió a abrir. Se encontró con un guardia de seguridad.

–La señora Álvarez me ha llamado, señor Serrador.

–Sí, acompañe a la señorita Jensen a la salida –contestó Diogo, dándose la vuelta–. Márchate, Ellie. Buena suerte.

–Buena suerte –repitió ella–. Adiós.

Una vez estuvo solo, Diogo trató de trabajar. Pero no pudo. Después de una hora se dio por vencido. Telefoneó a una actriz bellísima y la invitó a comer.

Sólo fue mientras comían que se le ocurrió que el hijo que estaba esperando Ellie podía ser suyo.

Capítulo 2

ERA EL DÍA perfecto para una boda.
Cuando Ellie se bajó de la limusina que habían alquilado, perfumadas flores caían de los árboles. Podía oír cómo piaban los pájaros y observó lo azul que estaba el cielo.

Era el día perfecto para comenzar una nueva vida, su vida como esposa feliz y futura mamá. El día perfecto para olvidarse de la existencia de Diogo Serrador.

Se preguntó por qué se sentía tan abatida y por qué había estado llorando durante las anteriores seis horas, mientras se había dirigido hacia su pueblo por la autopista de Pennsylvania.

–Tranquila –dijo su abuela, tomándola del brazo al llegar a la puerta de la iglesia. Lilibeth miró a su nieta–. ¿Estás preparada?

–Sí –contestó Ellie entre dientes. Pero en realidad no estaba preparada en absoluto.

Le había dejado a Timothy ocho mensajes en su contestador automático durante su viaje desde Manhattan, pero éste no había contestado a su teléfono móvil. Seguramente estaba dejando todo arreglado en su despacho antes de que partieran hacia Aruba en su luna de miel.

Timothy le había dicho que estaba dispuesto a hacerse rico para ella. No la creía cuando le decía que no necesitaba ser rica. Todo lo que quería era sentirse segura.

Segura... y que no le volvieran a romper el corazón.

Pero no podía casarse con Timothy sin decirle que estaba embarazada. No podía hacerlo. Tenía que darle la opción de cancelar el matrimonio. En ese momento se percató de que parte de ella incluso deseaba que lo hiciera...

–¡Ten cuidado... las flores! –protestó su abuela.

–Lo siento –respondió Ellie, cuyo corazón se aceleraba más y más según pasaba el tiempo. Estaba comenzando a sentirse mareada–. Me prometiste que primero ibas a encontrar a Timothy.

–¿Estás segura? –preguntó Lilibeth Conway, echándole una miradita a su nieta–. Trae mala suerte que un hombre vea a su novia antes de la boda.

–¡Por favor, abuela!

–Está bien, está bien. Hoy es tu día –concedió la señora Conway, suspirando.

Entonces la guió hasta una antecámara que había dentro de la iglesia.

–Espera aquí.

Ellie esperó. Y esperó. Miró por la pequeña ventana que había en la sala y vio los verdes bosques que rodeaban la iglesia. Flint, Pennsylvania, estaba sólo a cuatro horas de Manhattan, pero parecía que entre ambos lugares había un mundo de diferencia.

Tanto Timothy como ella habían crecido siendo pobres en aquel pueblo. Al haber regresado las anteriores Navidades siendo un acaudalado abogado, él había sido recibido como un héroe. Timothy incluso ya había comprado la mansión más bonita del lugar y la estaba arreglando para ella. Le había dicho que haría lo que fuera para conseguir que lo amara. Lo que fuera.

Pero antes de casarse tenía que decirle que estaba embarazada. Y dejarle que decidiera.

Si tenía que ser sincera consigo misma, en realidad la idea de convertirse en esposa de aquel hombre no le parecía correcta. Pero sus instintos no acertaban mucho.

Al haber estado cuidando de su madre durante la larga enfermedad de ésta, había pasado muchas noches oscuras deseando experimentar aventuras en tierras remotas. Había deseado besos apasionados de hombres fogosos. Pero haber estado en los brazos de Diogo le había llegado al corazón...

–Ellie –dijo Timothy de manera afectuosa desde el otro lado de la puerta–. ¿No sabes que tenemos a trescientas personas esperando? ¿De qué quieres hablar conmigo?

–Timothy –ella estaba temblando. Se forzó en respirar profundamente y se dijo a sí misma que tenía que olvidarse de Diogo–. ¿Puedes entrar aquí un momento, por favor?

–No... traería mala suerte.

–¡Eso es sólo una superstición!

Ellie oyó cómo él se reía.

–He tardado tanto en convencerte de que te cases conmigo que no voy a correr ningún riesgo.

–¡Por favor! ¡Realmente tengo que hablar contigo!

–Sea lo que sea lo que tengas que decir, estoy deseando oírlo –contestó Timothy–. Espera unos minutos y podrás decírmelo todos los días durante el resto de nuestra vida.

Horrorizada, ella se percató de que él creía que finalmente le iba a decir que lo amaba.

—Timothy, no comprendes...

—Espera —ordenó él con firmeza.

A ella no le quedó otra opción que decírselo desde el otro lado de la puerta.

—¡Estoy embarazada!

Hubo una pausa. Entonces la puerta se abrió de par en par.

Timothy estaba pálido, pero parecía que echaba chispas. Cerró la puerta tras de sí con fuerza y la agarró de la muñeca.

—¿Cómo puede ser posible? —espetó—. ¿Cuándo nos hemos acostado juntos tú y yo?

Asustada ante aquella actitud de él, Ellie dio un paso atrás.

—Lo siento —susurró—. Fue un error. Nunca pretendí hacerte daño...

—¿Quién es el padre? —exigió saber él, agarrándola con más fuerza.

—No importa. Jamás volveré a verlo —contestó ella.

—¿Quién es?

—¡Me estás haciendo daño!

Timothy le soltó la muñeca.

—Así que fue por eso por lo que repentinamente accediste a casarte conmigo, ¿no es así? Porque estabas embarazada y tu amante te había abandonado.

—¡No!

—Pero cometiste un error si pretendías hacer pasar a este bebé como hijo mío —dijo Timothy con desdén—. Ni siquiera yo soy lo suficientemente estúpido como para haber creído que este bebé es mío... ¡nunca me has dejado tocarte!

–¡Ha sido un error! –gritó ella–. ¡El peor error de mi vida! Y ha sido esta mañana cuando he descubierto que estaba embarazada. ¡Jamás pretendí engañarte!

–Ya –contestó él con sarcasmo. Se acarició su brillante pelo rubio–. Seguro.

Abatida, Ellie lo observó.

–Comprendo por qué quieres suspender la boda. Seguramente sea lo mejor...

Timothy la miró con fiereza.

–¿Qué quieres decir? No voy a suspender nada.

–Pero...

–No te vas a echar atrás. Embarazada o no... –advirtió él– te vas a casar conmigo. Hoy.

–Y el bebé...

–Yo me ocuparé de él –contestó Timothy, esbozando una mueca.

Tras decir aquello salió de la antecámara.

Ellie pensó en lo que había dicho él; que se iba a ocupar de su bebé.

Se preguntó si realmente estaba dispuesto a criar a su hijo como propio.

Mareada, salió a su vez de la sala. Había pensado que Timothy iba a suspender la boda. Pero no lo había hecho y eso significaba...

Que se iba a casar. En pocos minutos sería la esposa de Wright... para el resto de su vida.

Él se había gastado una fortuna en aquella boda. Había invitado a casi todo el pueblo para que los viera casarse, como si quisiera que cualquiera que en el pasado los hubiera tratado mal los viera coronarse como rey y reina de Flint.

Lilibeth se acercó a ella. Le dio un beso en la mejilla antes de bajarle el velo y cubrirle la cara.

–¡No he podido evitar oírlo! –confesó. Parecía muy alegre–. ¡Embarazada! ¡Oh, Ellie, estoy tan contenta por ti, querida!

¿Contenta de que su nieta se casara con alguien a quien no amaba? ¿Contenta de que el hombre al que realmente había amado fuera un egoísta y amoral malnacido que no merecía ser el padre de ningún bebé?

–Pero, abuela... –comenzó a decir Ellie dulcemente– no amo a Timothy.

–Lo harás –aseguró Lilibeth con tono de eficiencia–. Vas a tener un hijo suyo.

Las puertas que daban a la nave central de la iglesia se abrieron y la marcha nupcial embargó a Ellie como una ola. La gente comenzó a darse la vuelta en sus asientos para verla.

–Anda –le susurró su abuela, esbozando una sonrisa. La tomó del brazo.

Sintiéndose muda, Ellie empezó a andar con Lilibeth a su lado.

Todo aquello le parecía una equivocación, pero no podía confiar en sus propios sentimientos. Su instinto la había llevado por el mal camino. Se había enamorado del peor hombre posible.

Oyó los cuchicheos de la gente que había conocido desde pequeña. La señora Abernathy, la cual le había asegurado que nunca llegaría a ser nada. Candy Gleeson, antigua animadora del colegio, quien siempre se había burlado de sus ropas. Pero en aquel momento todos la observaban con envidia ya que habían creído el cuento de hadas.

Cuando llegaron al altar, Lilibeth le entregó su nieta a Timothy. Él le agarró la mano con fuerza y la miró con una expresión muy extraña reflejada en sus ojos azules claros.

–Queridos hermanos, estamos aquí reunidos para...

Las bonitas palabras del cura no tenían nada que ver con cómo se sentía Ellie por dentro. Ella... ¿la esposa de Timothy? ¿Iba a tener que amarlo? ¿Compartir su cama? ¿Criar a sus hijos?

Sí. Las cosas tenían que ser de aquella manera. Debía aprender a disfrutar de los sobrios besos que él le daba e iba a ganarse su perdón... aunque tardara una vida entera.

Pero cuando cerraba los ojos, los recuerdos de la noche que había pasado con Diogo todavía la agobiaban. La manera en la que la había besado, cómo le había robado la virginidad, la pasión con la que había actuado la había derretido por completo.

Desesperada, apartó aquel pensamiento de su mente. Agarró el ramo nupcial con fuerza para tratar de calmarse.

–¿Timothy Alistair Wright, aceptas por esposa a Ellie Jensen...?

¡Ni en su propia boda podía dejar de pensar en Diogo!

–¿... por el resto de vuestras vidas?

Timothy la miró. La brillante luz que se colaba por las ventanas de la iglesia le iluminó la cara.

–Sí, acepto.

El sacerdote se dirigió entonces a ella.

–Y tú, Eleanor Ann Jensen, aceptas por esposo a Timothy Wright...

Las puertas de la iglesia se abrieron de par en par...

–¡Deténgase!

Los invitados gritaron y Ellie se dio la vuelta.

Diogo.

Estaba vestido tal y como lo había dejado en Nueva York, con un traje gris y corbata azul. Pero no tenía el aspecto de un hombre civilizado de negocios.

–¿Cómo te atreves a venir aquí, Serrador? –exigió saber Timothy–. No tienes ningún derecho...

–Tú... –Diogo se quedó mirando a Timothy y a continuación emitió una risotada–. Debería haberlo supuesto.

Ellie vio algo oscuro reflejado en los ojos del multimillonario brasileño.

–Márchate de aquí, Serrador –espetó Timothy–. Esto no es asunto tuyo.

–¿No? –contestó Diogo, dirigiéndose a la novia–. ¿Es asunto mío, Ellie?

Ella respiró profundamente. No podía decirle a su ex jefe que era el padre de su bebé. Timothy finalmente la perdonaría, pero no lo haría si descubría que el verdadero padre era Diogo. Ambos hombres habían tenido un problema en Navidades, problema desconocido por ella.

Pero lo que sí sabía era que Diogo Serrador era tan insensible y duro como el diamante que ella tenía en el dedo...

–¿Es cierto, Ellie? –preguntó Diogo, acercándose a mirarle directamente a los ojos.

Mordiéndose el labio inferior, ella apartó la vista. Pero Diogo le quitó el velo de la cara.

Ellie gritó debido a la impresión y vio lo cerca que Serrador estaba de ella. Éste la agarró con la brutalidad de un bárbaro vikingo que reclamaba a su esposa.

–Dime la verdad.

Ella agitó la cabeza, incapaz de hablar. El tacto de

la piel de él sobre la suya le hacía sentir electricidad por todas sus terminaciones nerviosas. Diogo acercó su cara aún más a ella, que supo que la iba a besar... ¡allí mismo, en la iglesia!

Pero no fue capaz de detenerle. Le temblaron las rodillas y se le cayó el ramo al suelo.

–¡Dímelo, maldita sea! –exigió él, agarrándola con fuerza de los hombros–. ¿Soy yo el padre del hijo que estás esperando?

Trescientas personas gritaron a la vez y Ellie oyó cómo su abuela emitía un pequeño sollozo. Podía sentir las miradas de los invitados sobre ella. Pero lo peor de todo fue que pudo sentir cómo Timothy la miraba con los ojos desorbitados y con la furia reflejada en la cara.

Sintió cómo le quemaban las mejillas.

–No tienes derecho a humillarme de esta manera –susurró–. Tú eres el malnacido, Diogo. Tú eres el mentiroso.

–¿Él? –preguntó Timothy con la rabia reflejada en la mirada–. ¿Me has estado rechazando todos estos años para poder entregarte a Serrador?

–Ah –dijo Diogo, relajándose–. Así que él ni siquiera te ha tocado. Es una manera extraña de atrapar a un hombre para que se case contigo...

–Yo no he atrapado a nadie –espetó Ellie, enfurecida–. Timothy me ama. No le importa que esté embarazada. ¡Ha dicho que se encargará de todo!

Diogo frunció el ceño. En sólo un instante se convirtió en un hombre completamente distinto.

–¿Que se encargará de todo? –repitió, agarrándole el brazo a Ellie–. ¿A qué te refieres con que se encargará de todo?

Ella sintió cómo una chispeante sensación le recorría el cuerpo. No comprendió cómo podía ocurrirle aquello y a la vez estar tan asustada. Trató de apartar el brazo.

–¿Qué diferencia supone? No es hijo tuyo. No puede ser. Tú no puedes dejar embarazada a ninguna mujer, ¿no es así? –provocó.

–Yo soy el padre –aseguró Diogo, mirándola con sus oscuros ojos negros–. ¿Puedes negarlo?

Ellie no podía. Pero sabía que Diogo Serrador no había ido allí para hacerse responsable del bebé que había creado, sino que no podía soportar que otro hombre pisara su territorio. Creía que tenía derecho a poseer todo y a todos.

No se merecía ser padre.

–Respóndeme –Diogo movió la mano hacia su cuello, hacia su clavícula y hacia la curva de uno de sus pechos.

Ella comenzó a jadear. Vio a su abuela, que estaba muy pálida. Lilibeth había sido la única persona que siempre había creído en ella. Había apoyado a su nieta durante los años en los que ésta había cuidado a su madre. Sentía como propio el éxito de Ellie.

Y en aquel momento todo se había echado a perder. Lilibeth jamás volvería a tener la cabeza alta. Por su culpa...

–Yo... yo... –comenzó a decir Ellie, mareándose–. Creo que... me voy a...

No pudo terminar la frase antes de que las rodillas le fallaran. Diogo la tomó en brazos para evitar que cayera al suelo.

–¡Déjala en el suelo! –le ordenó un furioso Timothy.

Diogo ni siquiera lo miró, sino que clavó su oscura mirada en Ellie, en lo más profundo de su corazón.

–El bebé –dijo en voz baja–. Dime la verdad.

–No –gritó ella.

Diogo miró a los invitados que les observaban desde sus asientos.

–*Tá bom* –dijo.

Entonces se dio la vuelta y, con ella en brazos, se dirigió hacia la entrada de la iglesia.

–¡Vuelve aquí! –ordenó Timothy. Los siguió–. ¡Ella es mía, malnacido brasileño! ¿Me has escuchado? ¡Mía!

Ignorándolo, Diogo abrió las puertas de la iglesia y salieron. Dos de sus guardaespaldas cerraron las puertas tras ellos, dejando allí encerrados a los invitados. Entonces él dejó a Ellie con mucho cuidado en el suelo.

Pero ella se encontró cara a cara con Timothy, que había logrado salir de la iglesia.

–No puedo creer que hayas hecho esto –dijo Wright. Tenía los ojos rojos–. Esperé por ti casi diez años e hice todo lo que pude para ganarte. ¿Y tú te abriste de piernas para Serrador, que trata a sus mujeres como prostitutas?

Cada una de aquellas palabras era como una puñalada en el corazón para Ellie.

–Yo...

–¡Tú eres mía, Ellie! –gritó él, acercándose para agarrarla–. Mía...

Pero Diogo se puso en medio de los dos. Apretó los puños y separó las piernas en una postura que dejaba claro que estaba dispuesto a todo. Incluso vestido con aquel estiloso traje parecía un guerrero que podía luchar, y matar, a su antojo.

–Ellie no es tuya. Ni su bebé tampoco. ¿Qué estabas planeando, Wright?

La cara de Timothy palideció y reflejó miedo. Se apartó de ella.

–Ahora... –le dijo Diogo a Ellie– dime el nombre del padre del hijo que esperas.

–Tú juraste por tu honor que no podías dejarme embarazada –contestó ella–. Por tu honor...

Los oscuros ojos de Diogo analizaron la cara de Ellie y la hicieron sentirse vulnerable y desnuda. Entonces la agarró con más fuerza.

–Yo soy el padre, ¡dilo!

–Te odio –contestó ella, gimoteando.

–¡Dilo! –exigió él.

–¡Está bien! –espetó Ellie, llorando–. ¡Eres el padre!

Timothy gimió en alto. Ella se dio la vuelta hacia él.

–Lo siento tanto. Tanto...

Trató de tocarlo, pero él le apartó la mano. Se dirigió a Diogo amargamente.

–Llévatela y malditos seáis los dos. Está embarazada de un hijo tuyo. Me repugna. Otra prostituta para ti. Otro bastardo...

Diogo le dio un puñetazo en la mandíbula. Ellie gritó al ver a Timothy caer sobre la hierba.

El brasileño se dirigió entonces a ella, que al ver la furia que reflejaban sus ojos se echó para atrás, asustada y confundida. Él parpadeó y, repentinamente, sus oscuros ojos parecieron tristes, como si estuvieran siendo acechados por sombras del pasado.

Entonces se dio la vuelta bruscamente sin decir una palabra. Ante la señal que les hizo, los chóferes de dos coches negros que había aparcados en la calle arrancaron y se acercaron. Al abrirle la puerta uno de los guardaespaldas, Diogo empujó con delicadeza a Ellie dentro del asiento trasero del vehículo. Entonces la sujetó contra el respaldo y le abrochó el cinturón de seguridad. Ella trató de resistirse, pero él la había agarrado con mucha fuerza.

Cada vez que la tocaba, Ellie sentía como si el fuego le recorriera las venas. Se preguntó cómo podía luchar contra su propio deseo. ¿Cómo?

—Timothy...

—Tendrá dolor de cabeza —dijo Diogo—. Aunque se merece mucho más.

Ella se preguntó qué sería lo que había hecho Timothy.

—¿Adónde me llevas?

—Al aeropuerto —contestó él, sentándose a su lado al arrancar el coche. A continuación esbozó una pícara sonrisita—. Ahora... me perteneces a mí.

Capítulo 3

CUANDO el avión privado aterrizó en Río de Janeiro, a Ellie no le quedaba ninguna duda de que Diogo era un salvaje desalmado sin un ápice de misericordia.

Habían salido de un pequeño aeropuerto en Pennsylvania, donde él la había llevado en brazos a un enorme avión privado que allí les esperaba. Ignorando las preguntas de ella y sus exigencias, la había encerrado en una pequeña sala que había en la parte trasera del avión. Había estado sola desde que éste había despegado. Durante dieciséis horas no hizo otra cosa que llorar y dormir. También comió algún tentempié que tomó de la pequeña nevera de la sala.

Se preguntó qué pretendía él hacer con ella.

Se estremeció. Diogo había dejado más que claro que no tenía ninguna intención de casarse y le había demostrado que ella no le gustaba ni le caía bien. Que no la respetaba. Y su estilo de vida de *playboy* apenas era compatible con ser padre.

Por todo ello no comprendía por qué la había secuestrado. No sabía adónde la llevaba.

Se puso las manos sobre la tripa y pensó que en sólo un día había llegado a querer más a aquel bebé que a su propia vida. Juró que trataría a su hijo, o hija, por alguna razón creía que era niña, de manera muy distinta a como su propia madre la había tratado a ella. Iba a protegerla.

Apretó los puños. Quizá Diogo pensara que podía darle órdenes, pero ya no era su empleada. Pronto se daría cuenta de que las cosas habían cambiado entre ambos...

Oyó cómo alguien abría la puerta de la sala. Diogo entró y ella se percató de que se había afeitado y cambiado de ropa. Llevaba puestos unos pantalones negros de vestir y una camisa blanca que le hacían parecer más relajado. Sin duda había estado durmiendo plácidamente. No como ella.

—Bienvenida a Río de Janeiro —le dijo, esbozando una sonrisa—. Supongo que habrás dormido bien, ¿no es así?

Ellie se levantó de la cama y se cruzó de brazos. Frunció el ceño.

—¿Río? ¡No! ¡Llévame de vuelta a casa!

—¿De vuelta con tu preciado novio? —preguntó Diogo—. No, te quedarás conmigo hasta que el bebé haya nacido. Pensé que lo había dejado claro.

—No puedes mantenerme aquí contra mi deseo —aseguró ella—. ¡Me voy a marchar a mi casa en la primera oportunidad que tenga!

—Ahora éste es tu hogar —dijo él—. Pero Río puede ser peligroso. Debes quedarte cerca de mí. Por tu propia seguridad.

Ellie se preguntó quién la iba a proteger de él...

—¡No me voy a quedar contigo! —espetó, mirando la puerta que había tras él.

—Aquí no tienes dinero ni amigos. Ni siquiera hablas portugués. Me intriga... ¿cómo pretendes escapar?

—De alguna manera lo lograré —susurró ella, invadida por la incertidumbre.

Todo lo que había dicho él era cierto. ¿Cómo demonios iba a regresar a su casa?

–Olvídate de Wright –le ordenó Diogo con frialdad–. Él no puede ayudarte. Obedéceme y será más fácil para todos. Especialmente para ti.

¿Obedecerle?

Aquello mismo había sido lo que le había llevado a la situación en la que se encontraba. Tras haber estado en la fiesta de la playa Copacabana, él la había abrazado y la había besado con una súbita ferocidad que la había dejado sintiéndose débil.

–Vas a venir a mi casa –había susurrado él sobre su piel–. No puedes decir que no.

Por aquel entonces ella había estado tan enamorada de él como sólo lo podía estar una chica inocente. Todo lo que había querido había sido ser completamente suya. Entregarse totalmente. Ingenuamente había creído que él se iba a entregar a ella en respuesta. Que se iba a entregar en cuerpo y alma.

Pero ya no creía en aquellos estúpidos sueños. En aquel momento sabía cómo asegurarse.

–Dijiste que no querías casarte con ninguna mujer por un embarazo. Está bien. Mándame a casa. No te volveré a molestar nunca más. Este bebé jamás sabrá que eres su padre.

–¿Porque Wright y tú tenéis otros planes para él?

Ellie pensó en el dolor que había reflejado la cara de Timothy y en las hirientes palabras que le había dicho. Él siempre se había portado bien con ella...

–Es un hombre bueno y le prometí que me convertiría en su esposa.

–Olvídalo –ordenó Diogo, esbozando una mueca–. No te vas a marchar de Río.

Tras decir aquello ayudó a Ellie a bajarse del avión.

El olor a humedad y a flores exóticas fue lo primero que notó ella. Estaba lloviendo muchísimo. Un guardaespaldas se acercó a ellos con un paraguas y los acompañó hasta que se montaron en el vehículo que les estaba esperando.

Diogo le dio una orden en portugués al chófer y se recostó en el asiento de cuero.

—No hagas esto —pidió ella con lágrimas en los ojos—. Por favor, permite que regrese.

—¿Con Wright? —preguntó él—. ¿Teniendo en cuenta que te ha llamado prostituta todavía lo amas?

El dolor se apoderó del cuerpo de Ellie, que cerró los ojos un instante y respiró profundamente.

—No lo comprenderías —susurró, abriendo los ojos. Se preguntó cómo iba a comprender él la vergüenza y el sentimiento de culpa que ella estaba sufriendo—. Nos conocemos desde que yo tenía quince años...

Diogo la interrumpió.

—Jamás volverás a verlo —aseguró, abrazándola por los hombros y acercándola hacia sí—. Ahora me perteneces a mí.

Durante un segundo ella disfrutó de la calidez y de la fuerza de aquel hombre, tras lo cual trató en vano de apartarse.

—Sólo me quieres porque piensas que no puedes tenerme.

—¿Es eso lo que piensas? —preguntó él—. ¿Crees que no puedo tenerte?

—Es lo que sé —contestó Ellie con el corazón revolucionado—. Eres un mentiroso, un ladrón. Un *playboy* desalmado. Moriría antes de dejar que me toques de nuevo.

–¿Que te toque cómo? –provocó Diogo, acariciándole el cuello y la clavícula–. ¿Así?

–No lo hagas –pidió ella, temblando ante la caricia de aquel hombre–. Por favor.

–¿Por favor, qué? –preguntó él, acariciándole entonces la mejilla y el labio inferior.

Una intensa sensación de calor se apoderó del cuerpo de Ellie, que sintió cómo se le endurecían los pezones al pasar Diogo la mano entre sus pechos.

–Por favor –gimoteó. Casi incapaz de respirar, cerró los ojos–. Por favor, detente.

–Eso no es lo que realmente quieres –respondió él, acariciándole los pechos por encima del corpiño de su traje de novia.

Delicadamente se lo bajó hasta dejar sus pechos al descubierto y agachó la cabeza para saborear uno de ellos. Ellie sintió cómo él movía los labios sobre su endurecido pezón y cómo la chupaba, cómo la incitaba. Todo su cuerpo reaccionó.

Diogo tenía razón. Ella deseaba aquello. Todo el odio y dolor que había sentido durante los meses anteriores no habían logrado que dejara de desearlo...

¡Oh, Dios! Se preguntó en qué estaba pensando. El chófer estaba conduciendo mientras fingía que no podía ver ni oír nada. Seguramente era normal que Diogo sedujera a mujeres en la parte trasera de algún vehículo. Ella era sólo una más en una larga lista de amantes. La había seducido para demostrar su poder, para lograr que lo amara de nuevo... para luego desembarazarse del bebé y de ella como si fueran basura. Diogo Serrador era un *playboy* egoísta y despiadado.

Se preguntó si había perdido la cabeza. No podía dejarse llevar por él. No de aquella manera.

–No –susurró. Ejerciendo una gran fuerza de voluntad, lo apartó de su lado–. ¡He dicho que no!

Conteniendo el aliento, Diogo la miró. Sus oscuros ojos reflejaban una intensa necesidad... y algo más. Una emoción escondida... un dolor secreto...

Entonces la soltó abruptamente y se echó para atrás en su asiento.

–Pronto aceptarás tu destino –dijo con frialdad–. Hasta que nazca mi hijo, tendrás que aceptar mis deseos.

Ellie temió que él tuviera razón... ¿pero qué podía hacer?

Exhausta, apoyó la cabeza en la ventanilla del coche. Se estremeció al observar el precioso amanecer color violeta que se podía contemplar desde el vehículo.

–¿Qué pretendes hacer conmigo? –preguntó, susurrando.

Diogo abrió el *Jornal do Brasil* por la sección de negocios.

–Te mantendré a mi lado hasta que nazca mi hijo.

–¿Me mantendrás contigo? –dijo ella, temblando–. ¿Como una prisionera?

–Haré lo que sea necesario –contestó él, bajando el periódico y mirándola con frialdad.

–¿Y el bebé?

–No te preocupes –Diogo esbozó una adusta y forzada sonrisa.

–¿Cómo no me voy a preocupar? –respondió Ellie, observando cómo llovía sobre la ciudad–. Soy su madre.

–¿Era éste tu plan? –preguntó él en tono de burla–. ¿Pretendías convertirte en madre?

Ella se dio la vuelta y las miradas de ambos se encontraron. Parecía que él seguía acusándola de ser una cazafortunas y de haberse quedado embarazada a propósito.

–Desde luego que nunca pretendí quedarme embarazada –contestó, enfadada–. Eres tú el que...

–Según mi experiencia... –interrumpió él– la mujer que se cree enamorada de un hombre renuncia a todo con tal de quedarse con su amante.

La humillación que Ellie sintió provocó que se ruborizara. Se preguntó si él se había percatado de lo estúpidamente que lo había amado.

–Renuncian a lo que sea –añadió él–. Incluso a un hijo.

–¡No! –espetó ella–. ¡Yo jamás renunciaría a mi hijo!

Diogo la miró fijamente.

–Cuando lleguemos a casa... –comentó, apartando la mirada– ya veremos si es verdad.

Atemorizada, Ellie tragó saliva. El ático que él tenía en el Carlton Palace era una fortaleza. Era el propietario de los dos pisos superiores del edificio. El de la planta superior para él y el de debajo para sus guardaespaldas. Una vez la instalara allí, la podía convertir en su prisionera y le podría quitar a su hijo. Podría hacer lo que quisiera. Podía convertirla en una posesión suya.

Allí había sido donde le había robado la virginidad, donde le había hecho gritar de placer, donde habían concebido a su hijo al haber estado haciendo el amor durante toda la noche. En la cama, contra la pared... La había saboreado, penetrado, le había hecho el amor con tanta intensidad que ella gimió una y otra vez hasta que pensó que iba a morir de placer...

Y en todo momento le había asegurado que no podía dejarla embarazada.

–Eres un mentiroso –susurró.

Diogo la miró fugazmente.

–Nunca te mentí.

–Me dijiste que no podías dejarme embarazada... ¡y la verdad era que eres demasiado egoísta como para utilizar preservativo!

Él cerró el periódico bruscamente y lo colocó entre ambos en el asiento de cuero.

–No te mentí.

–¡Pero estoy embarazada! –espetó ella.

–Me hice una vasectomía en enero. Anulé la consulta de revisión ya que asumí que había funcionado –explicó Diogo–. Más tarde descubrí mi error. Ahora está verdaderamente completa.

–¿Completa? –preguntó ella, mirándolo.

–Ahora es absolutamente imposible que deje a ninguna mujer embarazada.

–Eso es muy reconfortante –dijo ella amargamente–. Gracias por aclarármelo. Pero como estás tan decidido a no ser padre, ¿por qué me sacaste de mi propia boda? –añadió con la voz temblorosa–. Déjame marchar y nunca tendrás que ver al bebé. Puedes olvidarte de que estoy embarazada y volver con tus actrices y modelos.

–Lo siento. No puedo hacer eso.

–¿Por qué no?

–Porque el bebé que llevas en tu vientre es hijo mío –contestó Diogo, acariciándole la mejilla–. Y mientras estés embarazada, tú eres mi mujer.

–¿Qué quieres decir? –quiso saber Ellie–. ¿Pretendes casarte conmigo?

–¿Casarme contigo? No –respondió él, sonriendo–. No soy de los que se casan. E, incluso aunque lo fuera, jamás lo haría con una mujer que está enamorada de otro hombre.

Ella se quedó mirándolo con la boca abierta.

–¡No estoy enamorada de Timothy!

–No, simplemente estás desesperada por estar con él –dijo Diogo, mirando con desdén su anillo de compromiso–. Tanto, que incluso estabas dispuesta a casarte con él estando embarazada de un hijo mío. Sin contárselo. Y sin decírmelo a mí. ¿Y no lo amas?

Ellie se ruborizó.

–No tuve otra opción...

–Pues ahora tampoco la tienes –comentó él, acercándose a ella y poniéndole un mechón de pelo detrás de la oreja–. Te olvidarás de Timothy...

Al sentir cómo la tocaba Diogo, una ráfaga de calor le recorrió el cuerpo a Ellie. La sangre le quemaba en las venas, pero tuvo que contener la tentación de apretar la mejilla contra su mano.

Tenía que alejarse de él antes de que volviera a herirla. Antes de que pudiera hacerle daño a su hijo. Porque los hombres como Diogo lo único que hacían era provocar que las mujeres se enamoraran de ellos para luego abandonarlas.

Apretó los puños y sintió cómo se le aceleraba el corazón.

–¡No te importamos ni este bebé ni yo!

Diogo se apartó de ella y esbozó una sonrisa.

–Sí que me importa... mi hijo. Lo mantendré seguro.

–¿Seguro de qué? –preguntó ella, parpadeando.

–Seguro de ti –contestó él, mirándola con una fría expresión reflejada en la cara.

La furia se apoderó de Ellie. Tenía que regresar a casa. Necesitaba a Lilibeth. Necesitaba que su abuela la abrazara...

Miró de nuevo por la ventanilla del coche y vio que el sol ya había salido. Las favelas de Río eran famosas. Diogo le había advertido que Río podía ser peligroso. Pero seguro que sólo había estado tratando de asustarla. Ella ya no tenía miedo, simplemente estaba harta.

Aquel hombre le había roto el corazón, la había humillado en su propia boda y había herido a gente a quien ella quería. La había llevado contra su voluntad a un país en el cual su poder era absoluto.

El coche giró hacia una calle que estaba casi desierta a aquellas horas de la mañana. Se detuvo en un semáforo. Al echarse Diogo para delante con la intención de hablar con el chófer, Ellie vio que el vehículo donde iban los guardaespaldas les adelantó.

¡Era su oportunidad!

No iba a ser la prisionera de ningún hombre...

Abrió la puerta, salió del coche y se apresuró a esconderse en aquel pobre barrio...

Capítulo 4

LA OSCURIDAD era siniestra. Sólo se veían unas pocas luces provenientes de ventanas sin cristales. Los callejones se extendían a lo largo de toda la ladera de la montaña. Todo estaba en muy mal estado.

Ellie acababa de entrar al primer callejón que encontró cuando se percató de que había cometido un gran error. Se tropezó y cayó al suelo. Sintió un dolor agudo en la muñeca izquierda y un sollozo involuntario escapó de su boca.

–*Onde você está indo?*

Un hombre salió de entre las sombras. Le seguía otro hombre más joven. Ambos la miraron de arriba abajo.

–*Você está perdida, gringa?*

Ella no comprendió lo que decían, pero la manera en la que la estaban devorando con los ojos le advirtió que debía tener cuidado. Se apoyó en su mano derecha y se levantó.

–Perdóneme... –dijo, gimoteando. Se echó para atrás–. Me voy a marchar...

Pero el más joven de los hombres le taponó el paso... justo en el momento en el que un tercer hombre salió de las sombras. Los tres la rodearon, se acercaron tanto que ella pudo ver sus miradas lascivas en la oscuridad.

–¡Qué novia tan bonita! –comentó uno de los hombres con mucho acento–. Me voy a quedar con ese diamante tan grande de tu dedo, gringa.

A Ellie le temblaron las manos al quitarse el anillo de compromiso de Timothy y tirarlo al suelo. Esperó que les distrajera lo suficiente como para darle tiempo a escapar. Se dio la vuelta para correr, pero de nuevo el más joven de los hombres se lo impidió.

–Ahora... –dijo otro de los hombres– quiero que me des el vestido...

Ellie gritó al ver que los tres asaltantes se acercaban a ella.

Pero repentinamente Diogo apareció entre ellos. La protegió. Le pegó un puñetazo al primer hombre al que se acercó, tras lo cual les dio a todos una patada. La furia que reflejaban sus ojos la asustó incluso a ella.

Uno de los hombres frunció el ceño al mirar a Diogo.

–¿Serrador? –dijo con desdén antes de escupir en el suelo–. *Você está aqui em férias?*

–*Sai fora*, Carneiro –contestó Diogo–. Esta mujer es mía.

Los demás hombres se rieron.

–Has sido un estúpido al regresar aquí.

Diogo se acercó a los tres hombres y mantuvo a Ellie detrás de él. Con una serie de movimientos acrobáticos apartó a sus atacantes a base de patadas y puñetazos. Maldiciéndole, los brasileños se alejaron de allí.

Ellie observó cómo éstos desaparecieron entre las sombras. Diogo la agarró por el hombro y le dio la vuelta.

–Pequeña tonta –gruñó–. Volverán con más hombres. ¡Debería dejarte aquí!

–¡Hazlo! –gritó ella–. ¡Prefiero enfrentarme a ellos que a ti!

Él le apretó el hombro y Ellie sintió cómo algo comenzaba a temblar dentro de su cuerpo.

–¿Estás dispuesta a entregarle tu cuerpo a diez o doce hombres? –sugirió él, furioso–. ¿A que te pasen de uno a otro?

Ella palideció ante la cruda sugerencia de Diogo, pero no iba a permitir que la asustara.

–¡Quiero irme a casa!

–¿Quieres regresar con tu amante? –preguntó él con sorna.

–¡Timothy no es mi amante!

–Pero estás desesperada por volver con él... ¡estás tan desesperada que incluso pones en peligro la vida de nuestro hijo!

–¡Jamás pondría en peligro la vida de nuestro hijo! –dijo ella.

–¡Te escapaste! –espetó él con la furia reflejada en los ojos–. ¿Sabes lo que hubiera ocurrido si no te hubiera encontrado a tiempo?

El terror se apoderó de Ellie. Diogo tenía razón. ¡Había puesto en peligro la vida de su hijo!

–Y todo porque estás tan enamorada –comentó él con desdén.

–¡No estoy enamorada de él! ¡Sólo me iba a casar con Timothy porque no te podía tener a ti! –se sinceró ella, cubriéndose la cara con las manos a continuación. Comenzó a llorar–. ¡Simplemente... quiero irme a... casa!

Un rayo iluminó el cielo. Repentinamente él la abrazó.

–Shh, Ellie –susurró, dándole un dulce beso en la sien–. Está bien. Todo va a salir bien.

La abrazó estrechamente al mismo tiempo que la acariciaba delicadamente. Pero la amabilidad de él sólo consiguió que ella llorara aún más.

Ellie se dio cuenta de que Diogo tenía razón en estar enfadado. Se preguntó qué habría ocurrido si no la hubiera encontrado a tiempo...

–No me puedo creer que lo haya hecho –susurró–. ¡He puesto en peligro a nuestro bebé!

–Es culpa mía –murmuró él–. Me equivoqué al asustarte. Pero ahora estás segura, querida. Ambos lo estáis.

Entonces la tomó en brazos como si no pesara nada. Los dos estaban empapados, pero de alguna manera, echada sobre el pecho de Diogo, Ellie sintió una cierta calidez... y seguridad.

Mirándolo a la cara, pensó que quizá las cosas sí que iban a salir bien. Tal vez había estado equivocada. Quizá podía confiar en él...

–Permíteme que te lleve a casa –le dijo Diogo, mirándola con el brillo reflejado en los ojos.

Capítulo 5

ELLIE abrió los ojos. Vio cómo el sol de la mañana se reflejaba en el mar. Por la ventanilla del coche observó cómo los comerciantes abrían sus puestos de comida y bebida en la playa de Copacabana. Entonces recordó...

¡Diogo!

Se enderezó en el asiento y, ante su horror, se percató de que se había quedado dormida sobre su hombro. ¡Pero no sólo eso, sino que también había babeado un poco en su camisa!

–¿Cuánto... cuánto tiempo he estado durmiendo? –preguntó, susurrando.

–Aproximadamente veinte minutos –contestó él, sonriendo.

–Oh –Ellie se ruborizó. No comprendió lo que le había ocurrido. Jamás se había dormido delante de Timothy. Ni una sola vez.

Se dijo a sí misma que simplemente estaba cansada. Desde que se había quedado embarazada, estar cansada era su estado normal. Pero no comprendía por qué el hombre correcto la ponía tensa y el peligroso le hacía sentirse tan relajada. Le ocurría algo verdaderamente extraño.

Cuando llegaron al Carlton Palace, Diogo detuvo el coche. Ella miró la fachada del lujoso hotel.

–¿Recuerdas este lugar?

¡Desde luego que lo recordaba! Lo había visto constantemente en sueños: el lugar donde él la había seducido. El lugar en el cual le había hecho desprenderse de cualquier resquicio de decencia que tuviera, así como de su ropa...

Se estremeció al sentir cómo la pasión se apoderaba de su cuerpo.

–Sí.

Él se bajó del coche y se acercó a abrirle la puerta.

–Dijiste que me ibas a llevar a casa –dijo ella, mirándolo tímidamente–. Esto no es mi casa.

–Yo quiero que lo sea –contestó Diogo, tendiéndole la mano–. Estás cansada y mojada, así que podemos discutir todo eso después. Por ahora, lo que necesitas es darte una ducha caliente, comer algo y descansar. Por favor, dame la oportunidad de tratarte con el respeto que te mereces.

Ducharse y desayunar parecía un plan estupendo. Pero incluso más cautivadora fue la sonrisa que esbozó él al tenderle la mano, sonrisa que la embelesó por completo.

Miró la fuerte mano de aquel hombre, mano que al acariciarla podía lograr que ella perdiera la cabeza...

–Está bien –dijo, respirando profundamente–. Te daré una oportunidad.

Diogo la tomó de la mano para ayudarla a salir del coche. Ellie tembló y recordó las cosas que le había hecho él a su virginal cuerpo la última vez que habían estado en Río. Con sólo recordarlo se estremeció.

Él le había dicho que era muy bella y que iba a morir si no la poseía. Recordó el placer de sentir su len-

gua dentro de su boca, tan apabullante y diferente a
todo lo que se había imaginado. La sensación de notar
cómo él la penetraba con un dedo, después con dos...
y con tres... La maestría de sus besos, la manera en la
que la había excitado, exigido... cómo la había atraído.
Todo había sido tan fantástico que había acabado di-
ciéndole que lo amaba.

Apenas podía creer que tres meses atrás le hubiera
dejado desnudarla y seducirla, llevarla al éxtasis del
placer. Pero desde aquel momento habían pasado muchas cosas. Diogo la había dejado embarazada. Le había mentido. La había ignorado.

Aunque tenía que reconocer que algo había cambiado en la favela. Se preguntó qué había sido, qué
había provocado que él repentinamente volviera a
ser el hombre encantador que recordaba. Había comenzado a actuar como si realmente se preocupara
por ella...

¡No! No podía comenzar a pensar de aquella peligrosa manera.

Diogo la guió dentro del hotel. Éste era realmente
elegante, incluso tenía palmeras en el interior. Pero
Ellie apenas se percató de la lujosa decoración. Sólo
tenía ojos para su acompañante. Tras pasar por recepción se montaron en un ascensor privado donde él introdujo una llave y apretó el botón de la última planta.
Las puertas se abrieron y salieron al pasillo, donde había dos guardaespaldas. Ambos asintieron con la cabeza respetuosamente ante Diogo.

—Entra —dijo él al abrir la puerta del ático.

Ella lo siguió y, al entrar en la vivienda, se quitó
los zapatos y anduvo sobre la gruesa alfombra blanca
que allí había.

Se sintió bien al estar descalza, pero no había nada más en aquel lugar que la reconfortara. La decoración era austera; moderna, minimalista y fría. Era la casa más sofisticada que jamás había visto. Muy elegante y cara, pero a la vez severa y tan cálida como un cubito de hielo.

Cuando Diogo cerró la puerta tras ella, se restregó su amoratada muñeca. Todavía le dolía, pero ya no de manera tan intensa.

–¿Te has hecho daño? –exigió saber él.

–No es nada. Me caí y me hice daño en la muñeca...

–Déjame ver –ordenó Diogo.

A regañadientes, Ellie le mostró la mano.

–Ahora ya está mucho mejor. De verdad, no tienes que...

Entonces él la tocó y ella contuvo la respiración. Un intenso calor le recorrió el cuerpo al examinarla Diogo, que con delicadeza le movió la mano hacia la izquierda y derecha.

–No te has roto la muñeca –dijo por fin él, soltándola–. Estuve diez años aprendiendo capoeira en la calle. Sé cuando algo está roto o tiene un esguince. Tú no tienes nada de eso. Pero si te duele, telefonearé a la doctora y ella podrá...

–No, de verdad –contestó Ellie–. Estoy bien –añadió sin poder dejar de mirar la bella cara de él.

Diogo tenía los pómulos muy marcados, una sensual boca y una nariz levemente doblada, lo que le hacía tener el duro aspecto de un guerrero.

–¿Qué quieres primero? –preguntó él, mirándola.

¿Primero? Primero quería que le hiciera el amor de

manera apasionada, que le susurrara al oído que sólo la deseaba a ella y que iba a ser un buen padre para su bebé...

–¿Ellie?

–¿Qué? –nerviosa, ella se colocó un mechón de pelo detrás de la oreja–. ¿Que qué quiero...?

–¿Quieres desayunar primero? O... no –dijo Diogo, que a continuación negó con la cabeza–. Estoy siendo un estúpido. Deberíamos comenzar por quitarte la ropa.

–¿La... ropa?

Ellie se preguntó en qué estaba pensando. No podía permitir que aquello ocurriera. ¡No, no, no!

Apretó el húmedo vestido de novia contra su cuerpo y se echó para atrás.

–No seré tu amante, Diogo –dijo en voz alta–. ¡No voy a ser una más de las mujeres de tu lista!

–¿Por qué crees que eso es lo que quiero? –preguntó él.

A ella le dio un vuelco el corazón. Se preguntó si él quería aún más...

–¿Qué otra cosa podría ser?

–Estás embarazada de un hijo mío. Quiero que... estés cómoda y cálida. Estás empapada, querida. Necesitas darte una ducha de agua caliente, desayunar y ponerte ropa seca.

¡Desde luego! Ellie deseó darse una patada a sí misma. Desde luego que aquello era lo que él había querido decir. Diogo podía tener la mujer que quisiera. Humillada, se ruborizó.

Él se acercó a ella y le agarró el vestido.

–No –Ellie se echó para atrás. No quería que la tocara–. No necesito tu ayuda.

–Ese vestido de novia pesa más que tú. Ven aquí.

Con una actitud tranquila y arrogante, Diogo se acercó a ella.

Como una cobarde, Ellie se dio la vuelta y salió corriendo hacia la habitación de al lado. Vio una hilera de ventanas desde las cuales se veía la playa de Copacabana y la Avenida Atlântica. En medio de la habitación había una gran cama blanca.

Aquél era el dormitorio de Diogo. Consternada, pensó que era el último lugar en el que querría estar. Se dio la vuelta para tratar de escapar, pero él estaba en la puerta.

–*Obrigado,* querida –dijo Diogo, esbozando una sensual sonrisa–. Esto va a ser mucho más fácil.

Se acercó a ella y la abrazó estrechamente. Entonces bajó la cremallera que tenía el vestido en la espalda. Ellie sintió frío al darle el aire en su húmeda piel. Se sintió aliviada del peso del vestido al bajárselo él hasta los muslos.

Se percató de que estaba de pie delante de Diogo vestida con sólo un sujetador de seda blanco y unas braguitas transparentes.

Emitiendo un grito, trató de taparse los pechos con un brazo y las braguitas con el otro. Él esbozó una petulante y masculina sonrisa.

–Puedo verte desnuda siempre que quiera, Ellie –comentó. Parecía divertido–. Todo lo que tengo que hacer es cerrar los ojos.

¡Diogo se estaba riendo de su modestia! El enfado se apoderó de ella.

–Has estado con tantas mujeres –espetó–. Estoy segura de que es a otra a la que estás recordando. ¡No estoy en absoluto preocupada!

–Ya veo –murmuró él–. ¿Estás segura de que no estás celosa, querida?

–Desde luego que no –contestó ella, enfurruñada. En realidad sí que lo estaba–. ¡Si quieres te puedes acostar con todas las supermodelos de Brasil! No tengo ninguna razón para...

Diogo se apartó de ella y se quitó la camisa, la cual tiró al suelo. Distraía al ver el musculoso pecho de aquel hombre, Ellie no pudo terminar de hablar. La bronceada piel de él estaba cubierta de un vello oscuro que le cubría los pectorales y la tripa.

Observó cómo se dirigió hacia el cuarto de baño que había en la habitación.

Oyó cómo abrió el grifo de la ducha y el calor se apoderó de sus mejillas... así como de todo su cuerpo. No sabía qué le ocurría. No comprendía cómo podía desearlo tanto siendo consciente de que, aparte de su embarazo, él no encontraba en ella nada particularmente especial ni interesante.

Se estremeció. Tres meses atrás, Diogo Serrador se había llevado todo de ella. Su inocencia, su fe, su coraje...

Pero en aquel momento no era sólo su corazón el que estaba en juego, sino que tenía que pensar en su hijo. Cuando Diogo se marchara, como finalmente ocurriría, no la estaría abandonando sólo a ella. También dejaría atrás un niño con el corazón roto que siempre se preguntaría por qué su padre no lo quería lo suficiente como para haberse quedado.

Al igual que su propio padre. Él no la había amado suficiente. Se había visto forzado a casarse por un bebé... ella. Se había casado con su madre y había ejercido de padre. Más o menos. Lo que en realidad había hecho había sido pasar años y años delante de la televisión tras acabar de trabajar. Había bebido mucha cerveza y les había gritado tanto a ella como a su madre si se atrevían a preguntarle algo.

Entonces, cuando su madre se había puesto enferma, precisamente en el momento en el que más lo necesitaban, su padre había agarrado las maletas y se había marchado.

–Lo siento –le había dicho a Ellie, que por aquel entonces sólo tenía quince años, sin mirarla a la cara–. Tengo que buscar mi propia felicidad mientras pueda.

Ellie tuvo que dejar el colegio para cuidar a su madre y había comenzado a trabajar durante las noches en el Dairy Burguer para ganar dinero. Su madre había aceptado su ayuda amargamente y le había echado la culpa a su hija de su frustrado matrimonio, así como de todas las oportunidades que había perdido...

–Ellie –dijo Diogo.

Ella levantó la vista y vio su propio dolor reflejado en los ojos de él. Le resultó muy tentador acercarse a él y tratar de protegerle de lo que fuera que le estaba causando tanta angustia.

Pero aquello era una estupidez. Él no necesitaba su ayuda. ¡En absoluto!

–Estás temblando –comentó el brasileño.

–Simplemente tengo frío –contestó ella, dándose la vuelta.

Diogo se acercó y le acarició la mejilla.

–Deja que te caliente –susurró.

Le quitó el sujetador, las braguitas y la tomó en brazos. Ella se quedó demasiado impresionada como para protestar.

Él la llevó al cuarto de baño y la metió en la ducha.

Ellie gritó al sentir el agua caliente sobre su piel, agua que le acarició el cuerpo. Le cayó por el pelo, por los pechos, por la tripa... hasta llegar al mechón de pelo que tenía entre las piernas. Tan caliente, tan sensual... tan viva. Durante mucho tiempo no había sentido nada más que dolor. Cuando había aceptado casarse con Timothy se había sentido muy mal. Le había parecido que casarse con él no suponía ninguna diferencia en su vida y casi ni le había importado estar viva o muerta.

Hasta que había descubierto que estaba embarazada...

Oyó cómo Diogo entraba en la ducha detrás de ella.

Respiró profundamente y cerró los ojos. Se dio cuenta de que él tenía que estar desnudo. Apoyó la cabeza en la mampara de la ducha, consciente de que el musculoso cuerpo de aquel atractivo hombre estaba a sólo centímetros del suyo. Se apartó de él tanto como pudo.

–Por favor, no me toques –susurró sin darse la vuelta.

–En realidad quieres que te toque, *meu amor* –contestó Diogo con una profunda voz. Le puso las manos sobre los hombros y comenzó a masajearlos–. Y yo quiero tocarte. Llevo meses deseándolo. No hacerlo casi me ha matado.

¿Él no se había olvidado de ella? ¿La había echado de menos?

Pero incluso diciéndose a sí misma que no podía ser verdad, se apoyó en él. Todo el estrés, el miedo y el enfado que había estado sintiendo se desvanecieron bajo el masaje de Diogo. Cuando éste terminó con sus

hombros, comenzó a masajearle la espalda. Entonces...

Ellie se sintió muy tensa al darle él la vuelta. Cerró
los ojos como si pudiera fingir que no estaba desnuda
delante de él, como si cada centímetro de su piel no
estuviera suplicando que la acariciara, sentir el musculoso cuerpo de Diogo sobre ella...

Sintió cómo la abrazaba por la cintura y cómo pre-
sionaba su pierna entre las suyas.

–Abre las piernas, querida.

Ella negó con la cabeza.

–Ellie.

–No.

Diogo le acarició la espalda y sintió lo caliente que
tenía la piel. Involuntariamente ella se estremeció.
Apretó las manos contra el cristal de la mampara para
tratar de controlar la manera en la que le estaban temblando las rodillas.

–¿Qué quieres de mí? –preguntó, susurrando–. ¿Qué
quieres después de haber estado ignorándome durante
todos estos meses?

–Me mantuve alejado de ti para protegerte –contestó él, respirando profundamente–. Eras virgen y
temí que fueras a tomarte demasiado en serio nuestra
pequeña aventura. Pensé que quizá fueras a querer cosas de mí que yo no podía darte.

–¿Como... como un compromiso?

–Sí.

Sin pensar, Ellie abrió los ojos.

–Sé que nunca te comprometerías con ninguna mujer... –comenzó a decir, pero al mirarlo se le apagó la
voz.

El cristal de la mampara estaba completamente empañado debido al vapor y aislaba a ambos del mundo exterior. Estaban completamente solos y demasiado cerca el uno del otro. El cuerpo de Diogo era muy musculoso y su potente masculinidad la asustaba. Miró entre sus fuertes piernas y contuvo la respiración.

Aquel hombre la aterraba, pero al mismo tiempo... Lo deseaba. Mucho.

Se chupó el labio inferior.

–¿Y ahora? –logró preguntar con la voz quebrada–. ¿Qué ha cambiado?

–Estás embarazada de un hijo mío. De ninguna manera te voy a dejar marchar –respondió él, acercándose aún más a ella y apartándole de la cara un mechón de pelo mojado–. Hasta que nazca el bebé, eres mía...

Entonces le acarició la piel, los brazos y entre los pechos... hasta llegar a su tripa. Ella sintió cómo los dedos de él bajaban por sus caderas, cómo presionaban levemente su cintura y cómo acariciaban su tripa...

Diogo la besó. Fue un beso tan apasionado y exigente como lo había sido durante el Carnaval. La besó con fervor y la abrazó estrechamente. Le acarició ambos pechos e incitó sus endurecidos pezones.

Ella gimió al bajar él la cabeza y comenzar a chuparle un pezón mientras jugueteaba con sus dedos con el otro. Sintió como si el mundo estuviera dando vueltas en su cabeza en una dulce agonía.

–Yo soy el único hombre que te ha tocado de esta manera –le susurró Diogo al oído–. Dímelo.

–Sólo tú –contestó Ellie, suspirando.

–Ellie...

Entonces ella sintió cómo él le acariciaba el suave

vello que tenía entre las piernas. Sintió cómo un escalofrío le recorría el cuerpo. Echó la cabeza para atrás y
tembló.

Él estaba tan cerca. ¡Tan cerca! Y ella deseaba que
estuviera todavía más cerca. Quería que la tomara en
brazos, que la apoyara contra la mampara y que la pe-
netrara hasta que se olvidara de su propio nombre.
Hasta que se olvidara de cada dolor y arrepentimiento. Hasta que estallara con la misma alegría que
no había vuelto a sentir desde el día en que él la había
dejado...

Diogo comenzó a acariciarle entre las piernas con
una lentitud deliberada... desesperante...

–Por favor –suplicó, gimoteando–. ¡Por favor!

–¿Por favor, qué? –preguntó él con delicadeza. Se
acercó para besarla y le dio un mordisquito en el cuello.

Ellie sintió cómo le dejó una marca en la piel. De la
misma manera en la que hacía tiempo le había dejado
una marca en el alma. Aunque en realidad ya la había
marcado de la manera más profunda posible; la había dejado embarazada.

–Dime lo que quieres, Ellie –murmuró él–. Quiero
que lo digas.

Ella sintió cómo su corazón le decía que lo que deseaba era un hombre al que poder amar. Un hombre al
que poder confiarle tanto su hijo como su propio corazón.

Quería lo imposible. Se le llenaron los ojos de lágrimas.

–¿No es suficientemente malo que mi hijo vaya a
nacer sin un apellido? –preguntó, susurrando–. ¿No es
suficientemente malo que yo sea una madre soltera...

y que todo el mundo piense que soy tu prostituta? ¿Eres tan egoísta que quieres que se convierta en verdad? ¿Quieres arrebatarme el último pedacito de orgullo que me queda?

Diogo se quedó petrificado. La expresión de su cara estaba oculta por las sombras de la ducha. Apartó la vista.

–Nunca quise hacerte daño, Ellie –dijo en voz baja–. Nunca.

Bruscamente, cerró el grifo.

Sin decir una sola palabra más la sacó de la ducha, la secó con una toalla y, a continuación, hizo lo propio consigo mismo. Tras ello se marchó a la habitación.

Ellie pensó que él era un mujeriego egoísta. Tomaba lo que deseaba. Agarraba a una mujer y no la dejaba marchar hasta que no se saciaba, momento en el que la apartaba para comenzar con otra.

Oyó cómo él salía de la habitación y cómo la puerta se cerraba. Le había negado su instantánea satisfacción, por lo que Diogo iría a buscar una mujer más complaciente.

No le costaría nada hacerlo. Le sería muy fácil encontrar una mujer mucho más guapa y elegante que ella...

–Ellie –dijo él.

Impresionada ante el hecho de que Diogo hubiera regresado, lo miró. Estaba vestido con unos pantalones vaqueros oscuros y una camisa negra. Le estaba entregando algo.

Ellie agarró el montón de ropa que le dio él. Había un vestido precioso, unas braguitas y un sujetador de su talla. La clase de ropa premamá que costaba una pequeña fortuna...

–¿Dónde... cómo...?

–Le ordené al personal que comprara ropa para tu estancia aquí.

–¿Mi... estancia aquí?

Diogo esbozó una sonrisa que la alteró por dentro.

–Ven conmigo –le dijo.

Capítulo 6

DURANTE el desayuno, Ellie no pudo evitar mirar a Diogo constantemente.

Sentados en la terraza del ático, desde la que se disfrutaba de unas magníficas vistas del océano Atlántico y de la montaña Sugar Loaf, observó cómo él bebía café solo. También observó cómo sonreía y hablaba amigablemente con el ama de llaves.

Allí sentada con él bajo el sol brasileño y respirando aire del océano, se percató de que estaba disfrutando. Movió los pies en sus nuevas y cómodas sandalias y aceptó el ofrecimiento del ama de llaves de tomar una segunda tortilla de jamón y queso.

Por alguna razón, por primera vez en su vida, Ellie sintió... hambre.

Y también se sintió feliz.

Tras comerse su segunda tortilla de jamón y queso, tomó dos cruasanes de chocolate. También comió papaya, mango y fresas, todo acompañado de zumo de pitanga. Cada bocado era maravilloso. Cada sabor mejor que el anterior. Se sintió excelentemente.

Y cada vez que levantaba la mirada de su plato...

Lo veía a él.

Sus miradas se encontraron y ella sintió cómo un escalofrío le recorría el cuerpo. No la había dejado al haberse negado a hacer el amor con él. No había salido corriendo para buscar otra mujer. Ni siquiera se había enfadado. Lo que había hecho había sido llevarla a la terraza para que compartieran el desayuno al sol.

Era casi como si ella le importara.

Se mordió el labio inferior y trató de no pensar en ese tipo de cosas. No podía comenzar a imaginarse que a él le importaba ella. No podía contar con alguien que terminaría abandonando tanto a su bebé como a ella misma. ¡Era mejor que su hijo no tuviera padre!

Al haber crecido ella misma con un padre en la distancia y una madre resentida, se había prometido a sí misma que su vida sería diferente. Debía enamorarse de un hombre que la amara con locura. Se casarían y tendrían una familia. Hijos. Nietos. Tendrían una historia de amor que nunca terminaría.

Pero la vida real no era tan sencilla.

Sintiendo una súbita tristeza, pensó que por lo menos no era tan sencilla para ella. Pero sería una estúpida si no disfrutara de aquel momento mientras duraba.

Tomó otro cruasán de chocolate. Suspiró al darle un mordisco y disfrutó de su exquisito sabor. Iba a tratar de seguir el ejemplo de Diogo; si no podía conseguir sus sueños, iba a tratar de saborear los placeres del momento mientras pudiera.

El ama de llaves le sirvió más café a Diogo, tras lo cual se retiró.

—Te sienta bien estar embarazada —le comentó él una vez estuvieron solos.

Con la boca llena, Ellie levantó la mirada y vio que

Diogo la estaba mirando con un sincero deseo reflejado en la cara. Sintió una carga química entre ambos.

–Estás todavía más guapa... –continuó él– que el día del Carnaval.

Sintiéndose incómoda, ella tragó la fruta que tenía en la boca y se echó para atrás en la silla. Debido a lo confundida que estaba no recordó la servilleta que tenía en el regazo y se limpió la boca con la manga del vestido.

–Gracias –dijo, murmurando.

–¿Cómo te encuentras?

–Estupendamente –contestó ella. Ante su asombro, era cierto.

Las náuseas que había sentido durante meses habían desaparecido. En realidad no se había sentido mareada desde que habían llegado a Río y había respirado aquel aire con olor a flores exóticas y sal marina.

–Bien –Diogo le sonrió–. Tengo una propuesta que hacerte.

–¿Una propuesta? –un leve estremecimiento se apoderó del cuerpo de Ellie.

–Eres tan joven –dijo él.

–¡Tengo veinticuatro años! –espetó ella.

–Para mí eso es ser demasiado joven. Apenas estás comenzando tu vida. No tenías ninguna intención de quedarte embarazada, pero yo causé que concibieras a mi hijo. No deberías sufrir por culpa de mi error.

Ellie esbozó una vacilante sonrisa.

–No he estado precisamente sufriendo...

–He provocado que hayas estado mareada durante meses, que tuvieras que dejar tu trabajo, te he secuestrado de tu boda... ¿quieres que siga? –preguntó Diogo.

–¿Qué es lo que quieres decir?

–Yo provoqué esta situación –contestó él–. Y yo puedo arreglarla.

–¿Cómo puedes arreglar algo como esto? –dijo ella, escondiendo las manos debajo de la mesa para ocultar su temblor.

–Quiero que me prometas que te vas a quedar conmigo.

–¿Quieres que te lo prometa?

–Hasta que nazca el bebé. Entonces puedes regresar a Nueva York, o a cualquier lugar que quieras. Si lo deseas, puedes retomar tu carrera. Podrás salir con quien quieras. Estar embarazada te ha impresionado... ha sido lo que casi te lleva a casarte con un hombre que no amabas. Nubló tu juicio. Casarte con él te hubiera arruinado la vida... y la de mi hijo.

–¿Adónde quieres llegar? –preguntó Ellie, susurrando.

–Una vez nazca nuestro hijo, serás libre –contestó Diogo, dando un sorbo a su café–. Mi hijo se quedará conmigo.

Ella sintió como si una espada helada le traspasara el cuerpo.

–¿Quieres separarme de mi bebé?

–Es lo mejor, Ellie. Tú nunca quisiste ser madre...

–¡Eso no es cierto!

–Y no estoy convencido de que puedas cuidarlo bien.

–No puedes estar hablando en serio –dijo ella, impresionada.

–Sí que estoy hablando en serio.

Ellie contuvo la respiración.

–¿Y crees que tú serás mejor padre? –exigió saber,

furiosa–. ¡Ni siquiera estarías nunca en casa! ¡Te acuestas con una mujer distinta cada noche!

–Escucha, Ellie...

–¡No, escúchame tú a mí! –espetó ella, levantándose repentinamente de la mesa–. Eres tú el que no tiene la capacidad de ser buen padre. El bebé y yo nos marchamos ahora mismo...

–Detente –le ordenó él.

Ellie se detuvo en seco. Oyó cómo Diogo se acercaba a ella por detrás y sintió cómo le puso las manos en los hombros. Le dio la vuelta.

–Te quedarás aquí hasta que nazca el niño –dijo él–. Eso no es negociable; no puedo correr el riesgo de que regreses con Timothy Wright... o con cualquier otro hombre como él. Te quedarás aquí, donde yo puedo tenerte vigilada.

Ella trató de contener las lágrimas.

–¡Lo que quieres decir es que puedes mantenerme aquí prisionera!

–Para mantenerte segura –contestó él fríamente–. No conoces a Wright tan bien como piensas.

–¡Sé que es mi amigo y que tiene mucho más honor y decencia que tú!

Diogo esbozó una amarga sonrisa.

–Precisamente es esa falta de juicio la que demuestra que no estás preparada para criar a mi hijo. Simplemente no puedo confiar en que...

–¿No puedes confiar en mí? –Ellie gritó–. ¡Ésa es la cosa más ridícula que he oído jamás! Tú no eres más que un mujeriego rico y mimado que jamás ha tenido que luchar por nada en su vida. ¡Mientras que todo lo que quiero yo, todo lo que siempre he querido, ha sido cuidar a las personas que quiero!

–No quiero pelear por la custodia. Deja que sea yo el que cuide del niño. Crecerá seguro y feliz –dijo Diogo–. Y te compensaré por toda la molestia que esto te ha causado. Haré que seas más rica de lo que jamás has soñado.

–¿Qué? –preguntó ella, confundida.

–Diez millones de dólares –respondió él–. Te daré diez millones de dólares para que te marches.

Durante un momento, Ellie no fue capaz de respirar.

–¡No! –espetó finalmente, enfurecida.

–¿No es suficiente? –quiso saber él–. ¿Qué te parecen veinte millones?

–¡No venderé a mi hijo por ninguna cantidad de dinero!

–Tienes un precio –corrigió Diogo–. Ambos sabemos que es así. Simplemente dime cuál es.

–No quiero tu dinero. ¡Sólo quiero que nos dejes marchar!

–Cien millones de dólares. Ésa es mi oferta final, Ellie. Te aconsejo que la aceptes.

Cien millones de dólares.

Impresionada, ella se quedó mirándolo. Era una cifra inimaginable. Pero él estaba hablando en serio... lo podía ver reflejado en sus ojos. Un multimillonario tan poderoso como Diogo Serrador podía realizar una llamada telefónica y los cuarenta dólares que ella tenía en aquel momento en su cuenta bancaria se transformarían en cien millones.

Aquel hombre realmente pensaba que podía comprarle su hijo.

Tanta arrogancia le hizo contener el aliento. ¿Qué clase de persona pensaba que podía comprar y vender todo lo que quisiera... incluso la preciada relación entre madre e hijo?

–¡Pero si ni siquiera quieres ser padre! –espetó–. Te has hecho una vasectomía. No quieres niños. ¿Por qué quieres intentar quedarte con el mío?

–Me hice la vasectomía para asegurarme de que ningún hijo mío venía al mundo sin que yo lo supiera, para evitar que le hiciera daño alguien que no tiene ni la capacidad ni los recursos para ser un padre decente.

Una intensa furia se apoderó de ella.

–¿Y tú crees que serás un padre decente sólo porque eres rico? Nunca has sido capaz de comprometerte con nadie durante más de una semana. Seguramente te aburrirías de criar a un niño y lo abandonarías. ¡No te elegiría como padre de mi hijo ni aunque me lo suplicaras!

La dureza que reflejaba la mirada de Diogo podría haber convertido diamantes en polvo en un instante.

–Acepta mis términos, Ellie. Hasta que nazca el niño te trataré como a una reina. Y después serás una mujer rica, libre para seguir con tu vida y para disfrutar de tus propios romances. ¿Qué respondes?

Ellie apretó los puños. No podía creer que él realmente pensara que ella sería capaz de vender a su hijo al mejor postor para después ir a buscarse un novio y gastarse sus millones.

–¿Mi respuesta? Es fácil –espetó, mirándolo fijamente–. Vete al infierno.

¿Que se fuera al infierno?
Diogo maldijo en portugués.
Ya estaba en el infierno.

Había sido un estúpido por haberse acostado con Ellie durante el Carnaval. Ella había sido una empleada suya, una chica de pueblo, una virgen. Se preguntó en qué había estado pensando.

Pero el problema era que no había pensado. Habían pasado toda la noche de fiesta por Río, habían celebrado que la empresa había realizado una importante adquisición y, de regreso a casa en coche, tuvieron que detenerse ante una celebración que taponaba la calle en la Avenida Atlântica.

Diogo sacó a Ellie del vehículo y fueron andando hasta el Carlton Palace. Pasaron por un callejón donde un hombre le estaba haciendo el amor a una mujer contra la pared. Mientras éste le besaba los labios y le acariciaba los pechos, un hombre diferente se arrodilló entre sus desnudas piernas...

Diogo había nacido en Río y no le había impresionado. Pero instintivamente había mirado a su secretaria, la cual se estaba aferrando con fuerza a su mano. Se había quedado boquiabierta y había respirado profundamente. Se había dado la vuelta y lo había mirado directamente a los ojos. Sin palabras, le había pedido que la tocara. Le había suplicado que la saboreara.

Repentinamente, en medio de aquella celebración, había visto realmente a Ellie Jensen. No sólo como una chica preciosa, sino como una belleza pura, bondadosa, con la piel tan blanca como la nieve y el pelo como el oro. La había deseado tanto que hasta le había dolido en su interior. Había sentido como si hubiera regresado atrás en el tiempo al momento en el que había creído en el amor y en la fidelidad...

Agitó la cabeza. ¿Amor? *Abestado*. Hacía mucho tiempo que había dejado de creer en ese cuento de hadas. Pero supo que tenía que tener a Ellie o iba a morir.

La gente perdía la cabeza durante el Carnaval. Y Diogo había perdido brevemente el sentido común bajo el ritmo de aquella música carnavalera... aquello había sido lo que había ocurrido.

No recordaba cómo la había subido a su ático. Sólo recordaba la manera en la que ella había temblado debajo de él en la cama. También recordaba el grito de dolor que ella había emitido y la impresión que a él le había causado descubrir que era virgen... no sólo en apariencia, sino también en realidad. Había tratado de apartarse, pero Ellie se había acercado a besarlo con sus delicados y deliciosos labios, lo que había echado a perder toda posibilidad de detenerse.

La había penetrado con delicadeza, poco a poco, hasta que oyó cómo ella gemía de placer al alcanzar el éxtasis. Provocó que Ellie gozara de un orgasmo de nuevo, para luego lograrlo una tercera vez... hasta que sus ojos se llenaron de lágrimas de un placer demasiado intenso como para soportarlo.

Sólo fue entonces que se permitió rendirse y se dejó llevar por una gran explosión de placer.

Después la abrazó. Le hizo el amor durante toda la noche y terminó dormido en sus brazos. Todavía recordaba lo suave que era el cuerpo de aquella hermosa mujer. Pero en todo momento había sido consciente de que cuando llegara el amanecer tendría que renunciar a ella.

Se excitó con sólo recordar aquella noche...

Pero mirando a Ellie en aquel momento, incluso cuando le había exigido que se marchara dejando a su hijo con él, la quería en su cama. La deseaba más allá de toda razón.

Pero no podía confiar en ella. Ellie era joven, ingenua y con poca visión de futuro. Si no hubiera adivinado la verdad acerca de la paternidad de su hijo, jamás hubiera sabido siquiera que existía. Ella se hubiera casado con ese malnacido... Wright.

Se preguntó si Ellie sabía qué clase de hombre era Timothy Wright, si conocía el motivo por el que se había hecho tan rico en los últimos años... si sabía de la existencia de su horrible negocio.

–Cien millones de dólares es mucho dinero, Ellie. Es mucho más de lo que Wright te hubiera dado.

–¿De qué estás hablando? –preguntó ella con los ojos como platos.

–¿No lo sabes?

Ellie negó con la cabeza y esbozó una pequeña mueca.

–Sólo sé que traté muy mal a Timothy –dijo–. Él me ha amado durante mucho tiempo. Pero yo no podía corresponderle, por mucho que lo intentara. Y entonces le humillé delante de todos los invitados de nuestra boda...

–Se merece mucho más que eso –contestó Diogo, riéndose. Pero la imagen de la cara de una mujer se apoderó de su mente y apartó la vista–. Casi lo mato en Navidades. Con mis propias manos.

–¿Por qué? –quiso saber ella, acercándose a él–. ¿Qué hizo?

–¿Realmente lo quieres saber?

–Sí –respondió Ellie.

Diogo la miró y pensó que ella había cambiado mucho desde cuando había sido su tímida secretaria.

Incluso su cuerpo también había cambiado. Podía reconocer las señales inequívocas del embarazo. La piel le resplandecía y sus pechos estaban enormes.

Ellie era la mujer más seductora que jamás había conocido. Y ella ni siquiera se percataba de su propio poder...

Un sudor frío se apoderó de su cuerpo. El deseo le recorrió las venas y provocó que le temblaran las manos. Quería tumbarla en la cama, penetrarla con fuerza, una y otra vez hasta satisfacer su angustiosa necesidad...

Apretó los puños y se dio la vuelta. Tenía que controlarse. ¡No era propio de él estar tan cerca de perder el control!

–Ellie –dijo–. ¿Sabías cómo se estaba haciendo tan rico Wright?

–El despacho de abogados que estableció en Flint estaba marchando...

–Ha estado comprando y vendiendo bebés en el mercado negro –interrumpió Diogo–. Ha estado robándoles hijos a madres pobres y entregándoselos a parejas ricas sin hijos que podían permitirse sus ilegales honorarios.

Boquiabierta, ella se quedó mirándolo. Entonces negó con la cabeza.

–¡No! ¡Timothy no haría algo así!

–Antes de tu boda, le dijiste que estabas embarazada del hijo de otro hombre. ¿Qué hizo él?

Ellie se quedó pálida.

–Me dijo que se encargaría de ello –contestó, susurrando–. Pero yo pensé que se refería a... pensé que... ¡Oh, Dios mío!

Diogo se quedó mirándola.

Ella no lo había sabido.

No había pretendido vender a su bebé.

Ni por amor.

Ni por dinero.

Acababa de rechazar la oferta que le había hecho él de cien millones de dólares. Se preguntó cuántas mujeres lo habrían hecho.

Tenía la prueba que quería. Ellie Jensen no era una cazafortunas.

Simplemente era ingenua y ciega. Le había entregado su preciosa virginidad consciente de que él no tenía ninguna intención de casarse ni ser padre. Entonces había accedido a casarse con un hombre sin escrúpulos como Wright porque había creído que sería un buen padre para su hijo.

Como la mayoría de mujeres, Ellie era débil. Pero no era inmoral. Al igual que él, quería proteger a aquel bebé. La seguridad y felicidad de su hijo estaban por encima de la suya propia.

Y aquello lo cambiaba todo.

–Lo siento, Ellie –se disculpó–. Tenía que adivinar qué clase de mujer eres realmente. Tenía que saber que no le harías daño a nuestro hijo.

–Y ahora que ya lo sabes, ¿qué?

Diogo seguía queriendo proteger a su hijo, pero también quería a Ellie en su cama. Quería hacerle el amor cada noche hasta estar completamente hastiado de placer. La abrazó.

–Quiero que te quedes conmigo, Ellie. Quiero que criemos juntos a nuestro hijo. Quiero que estés en mi cama durante el tiempo que dure la química que nos une.

–¿Y entonces qué? –preguntó ella.

–Siempre seremos los padres de nuestro hijo, Ellie. Incluso cuando dejemos de ser amantes.

Ella lo miró a los ojos y la expresión de su cara cambió.

–Maldito seas –dijo, susurrando–. No seré tu juguete.

–Sí –contestó él con gran certeza–. Lo serás.

Entonces la besó.

Capítulo 7

EL BESO de Diogo fue delicado y puro, pero Ellie sintió el enfado que se escondía tras su abrazo. Se sintió cautiva en sus brazos e incapaz de apartarse. Pero era su propio deseo el que la tenía atrapada, el que la sujetaba a él como una cadena. Sintió la calidez y la dureza del cuerpo de aquel hombre.

Entonces se percató de que lo estaba abrazando tan estrechamente como él a ella. Lo agarró por la espalda al sentir cómo comenzaba a incitarla con la lengua.

Sabía que debía detener aquello, pero quería estar un minuto más en sus brazos. Todo su cuerpo suplicaba por un minuto más...

Pero no importaba lo mucho que lo deseara, no podía permitir que aquello ocurriera.

Para ella, hacer el amor con un hombre implicaba estar enamorada, mientras que para Diogo no suponía otra cosa que un momento de placer.

—Ellie —susurró él—. Ven a mi cama. Ahora.

A ella se le revolucionó el corazón. Apretó la mejilla contra la de él.

—No sería inteligente.

—¿Por qué no?

—Ya te lo he dicho... no puedo ser un ligue de una sola noche.

–Tú supones mucho más para mí que un ligue de una noche –aseguró él.

–¿Sí? –preguntó Ellie, mirándolo.

–Siempre existirá una conexión entre nosotros –respondió Diogo, sonriendo–. Eres la madre de mi hijo.

Sólo eso.

Ellie sintió un gran vacío en el corazón. Aunque sabía que debía estar contenta ya que nunca habría soñado con que él la quisiera en su cama ni con que deseara formar parte de la vida de su hijo, aquello ya no era suficiente. Ya no le satisfacía. Su estúpido y ansioso corazón quería más.

Quería ser capaz de hacerle el amor y sentirse segura en sus brazos. Quería saber que podía confiar en él con su corazón, saber que iba a dejar de perseguir a otras mujeres...

–Siempre te respetaré, Ellie –dijo él, levantándole la mejilla–. Siempre te honraré.

–Pero nadie más lo hará –susurró ella–. Todos pensarán lo mismo que hiciste tú; que soy una cazafortunas que se quedó embarazada a propósito. Siempre me tratarán como a una prostituta.

–Mataré a cualquier hombre al que se le ocurra referirse a ti de esa manera –aseguró Diogo.

Ellie negó con la cabeza al aparecer lágrimas en sus ojos.

–No importa. Lo importante es si puedo confiar en que seas un buen padre...

–¿Qué? –preguntó él, ofendido.

–Nunca te has comprometido con ninguna mujer por más de una semana. ¿Verdaderamente puedo confiar en que quieras a un niño durante toda tu vida?

–¡Es algo completamente distinto!

–No –contestó ella, negando con la cabeza–. Es lo mismo. Es amor, es lealtad...

–Jamás abandonaré a un niño. ¿Me comprendes, Ellie? Porque sé cómo se siente. Yo no tuve padre y cuando tenía ocho años mi madre me abandonó para marcharse del país con su último amante –confesó Diogo, apartando la vista a continuación–. Jamás le haría eso a mi hijo.

Impresionada, ella se quedó mirándolo.

–Pero eres un Serrador –comentó, desconcertada–. Tu padre era propietario de la mitad de las minas del mundo. Tus hermanas mayores se han casado con miembros de la realeza europea. Tú naciste siendo rico, ¡mucho antes de que crearas tu propio millón en el negocio del acero!

–Ésa es la historia –dijo él, esbozando una mueca.

–¿No es cierta?

Diogo la agarró de los brazos y la miró.

–Lo que es cierto es que te deseo, Ellie. Quiero que críes a mi hijo, que estés en mis brazos y en mi cama –respondió, acariciándole la mejilla, el cuello... y uno de sus pechos. Le incitó el pezón con su dedo pulgar–. Y siempre obtengo lo que quiero.

En ese momento la besó. Ella sintió la dureza del cuerpo de él sobre el suyo y no deseó otra cosa que rendirse.

No podía resistirse a Diogo, a su fuerza, a su poder... a su pasión...

Mientras la besaba, lo agarró de la camisa negra que llevaba puesta. Sintió los deliciosos labios de aquel hombre sobre los suyos y el sol que daba en la terraza del ático.

No fue capaz de apartarlo. Tenía que rendirse. No tenía otra opción...

Pero en ese momento notó cómo vibraba el teléfono móvil de él en su bolsillo.

Maldiciendo, Diogo agarró el teléfono y miró quién llamaba. La expresión de su cara cambió.

Entonces se apartó de Ellie para responder a la llamada.

—*Bom dia* —dijo con amabilidad—, Catia. *Eu vou mais tarde?* ¡Por favor!

Impresionada, Ellie parpadeó y trató de recuperar el sentido común. Escuchó el delicado tono de voz con el que estaba hablando él y sintió cómo se ruborizada debido a la humillación.

Hacía dos minutos él había estado besándola y tratando de llevarla a la cama.

Pero ya se había olvidado de ella. ¡Había dejado de besarla para hablar con otra mujer!

Pensó que debía de estar perdiendo la cabeza... ¡estaba completamente loca!

Diogo puso la mano sobre el teléfono.

—Perdóname —dijo con tanta frialdad como si ella siguiera siendo su empleada—. Vuelvo en un momento.

Ellie observó cómo él entró en la vivienda. Impresionada y conteniendo las lágrimas, se dio la vuelta para observar la playa de Copacabana y el precioso mar azul.

¡Había estado a punto de entregarse a él!

Se preguntó cómo podía haber pensado que era posible confiar en Diogo. No se parecía en nada al tranquilo y fiel hombre que ella necesitaba. No se parecía a Timothy...

Pero Timothy tampoco era un buen hombre.

Recordó todo lo que le había contado Diogo sobre él y le era difícil creer que la persona con la que había estado a punto de casarse fuera un frío y calculador traficante de niños. Aunque era cierto que a veces había estado incómoda a su lado. Cuando le había propuesto matrimonio por primera vez ella sólo había tenido quince años y había acostumbrado trabajar muchas horas en el Dairy Burguer mientras el resto del tiempo cuidaba de su madre enferma. Timothy había tenido veinticinco años y acababa de graduarse en Derecho. A ella aquella primera propuesta le había causado incredulidad, pero él lo había seguido intentando. Incluso le había ofrecido apoyo económico para mantener a su madre.

Pero Ellie no había querido la caridad de Timothy. No hubiera estado bien aprovecharse de sus sentimientos ni hacerle pensar que su relación podía convertirse en algo más que amistad.

Hasta el año anterior. Una vez murió su madre, ella ya no tenía ninguna razón para quedarse en Flint... y Timothy le había ofrecido algo a lo que no se podía resistir. Un trabajo en Nueva York.

Quizá se había equivocado al aceptarlo. Pero no se podía engañar a sí misma y decirse que hubiera encontrado un trabajo igual sin ayuda de él. El resto de secretarias de Diogo no sólo habían terminado el instituto, sino que también habían ido a la universidad. Pero ella había aprendido rápido y había hecho bien su trabajo. Se había llevado bien con los demás empleados.

Por lo menos hasta que Jessica había difundido el rumor de que Ellie quería escalar puestos en la empresa acostándose con el jefe.

Contuvo el aliento y se dijo a sí misma que quizá era la mujerzuela que todos pensaban que era. Había estado a punto de acceder a ser la amante de su ex jefe... consciente de que él jamás se casaría con ella, consciente de que ni siquiera la amaría y de que cuando se cansara la abandonaría.

Diogo volvió a salir a la terraza.

–*Com licença,* querida –murmuró, acercándose a ella–. Ahora... ¿dónde estábamos?

Emitiendo un grito, Ellie se apartó.

–¡Debes de estar bromeando!

–¿Estás enfadada?

–¿Porque me estabas besando y dejaste de hacerlo para responder a una llamada telefónica de otra mujer?

–No te pertenezco, querida –dijo él con una fría expresión reflejada en los ojos–. No asumas que tienes el derecho de conocer mis secretos.

–¿Y por qué no? –exigió saber ella, conteniendo las lágrimas–. Desde el momento en el que me sedujiste, has actuado como si yo te perteneciera. Como si fuera una posesión de la cual puedes disfrutar o ignorar como te plazca...

En ese momento oyeron cómo alguien tosía. Un guardaespaldas salió a la terraza.

Diogo se dio la vuelta hacia él y frunció el ceño.

–*Sim?*

–*A médica está aquí, senhor.*

–La doctora ha llegado –le tradujo entonces Diogo a Ellie.

–¿La doctora? –repitió ella.

–Sí.

–¡Pero ya te dije que tengo bien la muñeca!

–La doctora no ha venido a examinarte la muñeca, sino por nuestro bebé.

Nuestro bebé. Oír cómo él decía aquello provocó que Ellie sintiera algo extraño en su interior... hacía que quisiera perdonarle todo.

–Como te has dado cuenta hace poco de que estás embarazada... –continuó él– supongo que no te habrás hecho muchos exámenes médicos en Nueva York.

Ella negó con la cabeza.

–Sólo me hice una prueba de embarazo que compré en la farmacia.

–Eso pensé. Pero de ahora en adelante mi hijo tendrá la mejor protección médica. Letícia viene para hacerte una revisión y una ecografía.

¿Letícia? Él llamaba a la doctora por su nombre.

Repentinamente Diogo sonrió y su hermosa cara se iluminó.

–Vamos, ya basta de discutir. Veamos a nuestro bebé –dijo, tendiéndole la mano a Ellie.

Ver a su bebé. Ella no podía resistirse ante algo como aquello...

A regañadientes le dio la mano y cuando sintió cómo él apretaba los dedos sobre los suyos notó cómo una sensación chispeante le recorría por dentro... no era sólo deseo, sino algo más.

Algo que le hacía sentir completa.

¡No! No podía permitirse pensar que eran una familia. En una verdadera familia sus miembros se amaban los unos a los otros... confiaban en sí mutuamente.

Se dijo a sí misma todo aquello, pero su cuerpo no escuchaba. Mientras él la ayudaba a entrar dentro del ático, no pudo evitar sentir que lo que hacían era lo correcto.

Su cuerpo insistía en decirle que aquel hombre era para ella. Y que ella era para él.

Al ver cómo Diogo le sonreía, le dio un vuelco el corazón... una sensación distinta a todo lo que había sentido con anterioridad. Se quedó maravillada ante la belleza masculina de su cara, ante su piel color aceituna, ante su brillante pelo negro... Tenía un atrayente y peligroso aspecto, como un reluciente ángel negro.

–*Você está pronta, meu amor?* –preguntó él, besándole la mano–. Vamos, mi amor. Veamos a nuestro bebé.

Capítulo 8

CUANDO la doctora terminó de realizarle a Ellie una revisión preliminar, Diogo salió del despacho para responder a una llamada telefónica.

Ellie se preguntó si sería una llamada que implicaba negocios... o placer. Apretó los puños y se dijo a sí misma que no pensara en aquellas cosas. De todas maneras él no iba a contestar a sus preguntas.

Miró a la doctora Carneiro, que estaba preparando el equipo para realizar una ecografía. La mujer tendría unos treinta y tantos años y Ellie no pudo evitar preguntarse si no sería otra más de las amantes de él.

Con delicadeza, la doctora le puso un gel sobre el vientre.

—Es muy amable de su parte atender una llamada a domicilio como ésta —murmuró Ellie.

—Me alegra hacerlo —contestó la mujer con mucho acento—. Lo que sea por Diogo.

Ellie se mordió el labio inferior al percatarse de que ella se había referido a él por su nombre.

—Tiene usted mucha suerte, señora Jensen —continuó la doctora.

—¿Y usted cómo lo sabe? —preguntó Ellie, cuyo nivel de miedo se hizo insoportable.

Aquella delicada mujer de pelo oscuro la miró.

—Ah... ¿cree que he sido su amante? —dijo, riéndose

levemente–. Soy su *hermana*... o lo más parecido a una hermana que ha tenido nunca.

El alivio se apoderó de Ellie.

–Pero había entendido que su apellido era Carneiro.

–Lo es. ¡No soy una Serrador! –contestó la doctora, indignada–. Esas dos hermanastras que tiene Diogo no merecen llevar ese apellido. No. Mi madre lo llevó a casa a vivir con nosotros cuando él tenía ocho años. Se lo encontró temblando por las calles.

–¿Su madre lo salvó? –preguntó Ellie–. ¿Después de que su propia madre lo abandonara?

La doctora asintió con la cabeza con tristeza.

–Pero desde entonces ha sido él quien nos ha salvado a nosotros. Pagó mi universidad y contrató a mi hermano pequeño, Pedro, como su guardaespaldas de confianza. Incluso hubiera ayudado a Mateus... si éste hubiera estado dispuesto a dejar la favela –contestó, suspirando–. Pero mi hermano mayor es demasiado orgulloso y se niega a aceptar la ayuda de Diogo.

Carneiro. El mismo apellido que tenía el jefe de la banda que había atacado a Ellie en la favela.

–Creo... creo que tal vez lo haya conocido.

La doctora Carneiro parecía triste.

–Finalmente Diogo lo convencerá. Tardó años en ganarse la lealtad de Pedro, pero Diogo nunca se rinde. Otorga fondos para mi clínica, clínica con la que ayudamos a cientos de personas que necesitan desesperadamente ayuda. Madres primerizas. Ancianos. Niños enfermos que morirían sin las medicinas que Diogo les da –explicó. Entonces miró a Ellie–. Tiene usted suerte; no todos los hombres son tan honorables... ni tan fuertes. Y después de lo que ocurrió en Navidades...

–¿Estás hablando de mí, Letícia?

Diogo apareció en la puerta. No parecía muy contento.

–Ya sabes que no puedo dejar de alabarte –contestó la doctora Carneiro, esbozando una cálida sonrisa–. Y llegas justo a tiempo. Mira.

Moviendo la mano con el ecograma sobre el vientre de Ellie, señaló el monitor. La futura mamá también miró e, instantáneamente, se olvidó de todo al ver cómo parpadeaba el latido del corazón de su hijo en el monitor.

Diogo la tomó de la mano y se sentó en una silla cercana...

–Esa pequeña luz... ¿es nuestro bebé?

–Es el latido del corazón –contestó Letícia–. Mirad, ahí están las piernas... la espina dorsal, la cabeza... ¿lo veis?

–¿Es un niño? –preguntó él.

–Todavía es muy pronto para saberlo, ¿pero ves eso? Sí, creo que es un niño.

–¡Un niño! –exclamó Diogo.

–Y ahí, ves... –la doctora frunció el ceño–. Esperad. No es... no puede...

Letícia se quedó mirando el monitor. Ellie sintió cómo Diogo le apretaba la mano.

–¿Qué ocurre? –preguntó él.

Ellie lo miró. Sus bellas facciones reflejaban tensión y preocupación. Vulnerabilidad. Se percató de que Diogo estaba tratando de esconder su miedo.

En aquel momento se dio cuenta de que él quería tanto a su hijo como ella. Y ello le conmovió.

–¿Qué ocurre? –logró preguntar. También estaba aterrorizada–. ¿Qué le ocurre a nuestro bebé?

La doctora Carneiro se dio la vuelta para mirarlos. Se le iluminó la cara al esbozar una sonrisa.

–Vais a tener una niña.

–¡Una niña! –exclamó Ellie, emocionada.

–¿No va a ser un niño? –preguntó Diogo, frunciendo el ceño.

–Sí –contestó la doctora.

–¿Cómo?

–Un niño... y una niña. La niña estaba detrás de su hermano.

Perplejos, tanto Ellie como Diogo miraron a la doctora y parpadearon.

Letícia se rió.

–Mirad... hay dos latidos. Son gemelos. ¡Felicidades!

–¿Gemelos? –preguntó Ellie. Pensó que eran dos bebés a los que amar y por los que preocuparse.

Conteniendo la respiración, miró a Diogo. Hacía sólo unos meses éste se había realizado una vasectomía para evitar tener un hijo. Y en aquel momento iba a ser padre de dos.

–¿Habéis elegido ya algún nombre?

Ellie negó con la cabeza.

–Todo ha ocurrido tan rápidamente. Realmente no hemos pensado en ello –contestó, tratando de ver la expresión de la cara de él–. A la niña le podíamos poner Lilibeth. O quizá Lily.

Finalmente Diogo se dio la vuelta para mirarla a la cara. A Ellie le impresionó ver que los ojos le brillaban debido a las lágrimas que estaba evitando derramar.

–Se llamará Ana.

–¡Oh, eso es maravilloso! –exclamó su hermana–. Nuestra madre estaría tan orgullosa.

Ellie levantó la barbilla y habló.

–Pero mi abuela...

–Mi hija se llamará Ana –informó él con frialdad.

Ellie apretó los dientes. ¡Era típico de los hombres preocuparse sólo de sus propios sentimientos! Pero por otra parte, si su madre adoptiva lo había salvado de las calles, parecía un bonito detalle.

–Ana –dijo–. Ana Jensen –añadió, asintiendo con la cabeza–. Está bien. Ana.

Pero Diogo no parecía agradecido. Se quedó mirándola con el ceño fruncido.

–¿Jensen? –exigió saber–. Se apellidarán Serrador.

–¿Pretendes que críe a mis hijos en Flint con un apellido distinto al mío? –protestó ella.

–¿En Flint? –repitió él, enfurecido–. ¿Te has vuelto loca? Vas a vivir aquí conmigo... ¡todos lo vais a hacer!

–Quizá me quede hasta que nazcan los niños. ¿Pero más tiempo que eso? No puedes esperar que me quede aquí para siempre, ¡secuestrada en tu ático como una princesa atrapada en una cueva!

–Pensé... –espetó él– que íbamos a criar juntos a nuestros hijos. Yo soy su padre.

Ellie asintió con la cabeza.

–Siempre que quieras podrás estar con ellos –dijo–. Arreglaremos el tema de la custodia. Pero... –añadió, levantando la barbilla– no eres mi marido. No podrás estar conmigo.

Gemelos.

Escuchando el sonido del latido del corazón de los bebés en el monitor, Diogo lo vio todo claro.

Había pensado que sería suficiente con llevar a Ellie a Río. Ocuparse de ella y mantenerlos a todos seguros. Pero en aquel momento se percató de que había estado equivocado... y mucho.

Un hijo. Una hija. Sin sus apellidos.

Sus preciados hijos no estarían protegidos. Serían unos... bastardos. Al igual que lo había sido él.

Todavía recordaba el dolor que había sentido durante su niñez. Primero no había tenido padre... para después haberse quedado también sin madre. No había tenido ni dinero ni casa.

Había tenido que hacerse más fuerte rápidamente.

Y no quería que sus hijos crecieran de aquella manera. Tenía que protegerlos y mantenerlos seguros.

Volvió a mirar las parpadeantes luces del monitor. Oyó la lastimera súplica de la voz de una mujer del pasado...

–¿Te casarás conmigo? ¿Lo harás? –le había pedido ella.

Pero él no le había preguntado nada. Sólo había estado furioso ante lo que le había pedido.

–Si no te importo... –había continuado aquella mujer– entonces ya no tengo nada que hacer contigo.

No la había vuelto a ver jamás. Pero durante las navidades anteriores recibió una llamada telefónica de un abogado brasileño.

–La acaban de encontrar muerta. Le han dado una paliza –le había dicho éste–. El nombre de usted aparece en su testamento.

Diogo sintió cómo todo su cuerpo se ponía tenso. No iba a cometer el mismo error de nuevo. Se estaba jugando demasiado. No iba a dejar que sus pequeños sufrieran... ¡no iba a permitir que los apartaran de un padre que los amaba! Serían respetados y queridos.

Ellie era una mujer tradicional. No le haría gracia tener que enfrentarse sola a la maternidad.

Ella se había quejado de que sus hijos no iban a tener un apellido y de que ella no estaba casada. Había temido que todo el mundo fuera a pensar que era una mujerzuela.

Él podía solucionar aquel problema. Para todos.

Repentinamente lo vio todo muy claro.

Miró a Ellie directamente a los ojos.

–¿Te casarás conmigo?

–¿Qué? –preguntó ella, boquiabierta.

–Te quedarás aquí y criaremos juntos a nuestros hijos. Es muy simple, Ellie. Serás mi esposa.

Esperó que ella exclamara de alegría, que se lanzara a sus brazos. Pero no lo hizo.

Ellie se estremeció.

–Déjalo, Diogo. Ambos sabemos que no crees en el matrimonio.

–He cambiado de idea –contestó él, frunciendo el ceño.

–¡Déjalo! –espetó ella, dirigiéndose a la doctora a continuación–. Los bebés están sanos, ¿verdad? Mi periodo nunca ha sido muy regular, por lo que no me hice una prueba de embarazo hasta hace poco. Pero no he bebido alcohol ni...

–No te preocupes –contestó la doctora, tuteándola–. Parece que están bien. El embarazo marcha correctamente. Sólo tendrás que cuidarte mucho –entonces miró a Diogo–. Vas a tener que ayudarla.

–*Sim*, desde luego –respondió él, pensando que ya se estaba ocupando de ella como no lo había hecho de ninguna otra mujer... ¡estaba tratando que se casara con él!

Entonces se acercó a Ellie.

—Estoy hablando en serio –dijo–. Deseo casarme contigo.

Ella lo miró, pero a continuación apartó la vista. No le creía.

Diogo pensó que era irónico; nunca había pensado en casarse con nadie y, cuando lo hacía, ella lo rechazaba. Pero Ellie sería suya. Quería tenerla a su lado por sus hijos, pero también por él mismo.

El matrimonio era la mejor, la única solución para todos.

—Gemelos –comentó entonces ella, mirándolo–. ¿Podrás manejar a dos?

—Puedo manejar más que eso –respondió él, pensando que dos niños necesitaban dos padres. Abrió la boca para informarle de que se casarían aquel mismo día, tanto si le gustaba como si no.

Pero al mirar la bella y pálida cara de Ellie se detuvo.

La había seducido y dejado embarazada, había alterado su boda y la había llevado a Río. Le había dado a su vida un giro de ciento ochenta grados.

Pero ella era la madre de sus hijos y se merecía que la cuidara. Se dijo a sí mismo que en vez de presionarla para que se casara podía cortejarla.

—Todo va a salir bien –aseguró, acariciándole el pelo–. Ya lo verás.

Que se casaran era lo mejor para todos y él no iba a permitir que un capricho femenino le impidiera hacerlo.

Aquella noche le iba a dar una oportunidad para

que recuperara el aliento. Tanto los bebés como ella necesitaban descansar. Al día siguiente la iba a atraer a él con todas sus cualidades. La iba a deslumbrar ofreciéndole el romance con el que toda mujer soñaba. La iba a convencer, a persuadir. Iba a ser extremadamente romántico.

Tras lo cual, tanto si quería como si no, Ellie iba a convertirse en su esposa.

Capítulo 9

ELLIE apartó su libro de maternidad, así como su envase de helado de fresa vacío, y se acurrucó bajo las mantas. Observó la lumbre en la chimenea y oyó cómo la lluvia golpeaba los cristales de las ventanas. Cerró los ojos y apoyó la cabeza en la almohada de Diogo.

Había sido una tarde muy extraña.

Después de la ecografía, Diogo la había llevado de compras. Había insistido en que se comprara lo que fuera que le hiciera más cómoda su estancia en aquel lugar. Y ella había disfrutado del tiempo que habían pasado juntos. Él había coqueteado con ella... y ella le había correspondido.

Entonces, en medio de la cena que les había servido el ama de llaves, Diogo había recibido una llamada telefónica. Sin ninguna explicación, le había dado un beso en la sien y se había marchado... ¡la había dejado que terminara de cenar sola!

Abrió los ojos y miró la lumbre. Se preguntó quién le habría telefoneado.

Se tapó con el edredón hasta las orejas en un intento de apartar aquellos pensamientos de su mente. Las sábanas tenían un aroma fresco, limpio, con un leve toque de la fragancia de Diogo. Cerró los ojos de nuevo y bostezó. Se sintió más agotada que nunca.

Pero no podía dormir. No cuando, en cualquier momento, él podía regresar y meterse en la cama con ella. Se dijo a sí misma que tenía que estar preparada para luchar no sólo contra la seducción de él, sino también contra el traicionero propio deseo de su cuerpo.

–Ellie...

Diogo la estaba agitando, ante lo que ella abrió los ojos y se sentó en la cama. La lumbre se había extinguido y ya no llovía. Se percató de que era por la mañana. Vestida con su arrugado pijama y con el pelo alborotado, se sintió desorientada.

Él estaba impecablemente vestido. Muy guapo. Se había afeitado y cambiado de ropa. Llevaba puesto un traje de chaqueta gris conjuntado con una camisa amarilla. El elegante corte de su ropa resaltaba su musculoso cuerpo.

Ellie se preguntó qué habría hecho la noche anterior.

Se dijo a sí misma que no estaba celosa y ni siquiera iba a preguntar. Si quería, él podía salir todas las noches con una modelo distinta. De hecho, le agradaría ya que significaría que no trataría de seducirla.

–*Bom dia, amorzáo* –dijo él, sujetando una bandeja de plata.

Ella vio que en un plato había huevos, fruta y tostadas. En la bandeja también había zumo de naranja y... una rosa roja.

–Te he traído el desayuno –continuó Diogo.

–¿Desayuno? –repitió Ellie, sentándose en la cama. Tenía hambre.

Pero cuando él le colocó la bandeja en el regazo, olió su fragancia a jabón y sintió la calidez de su cuerpo. Repentinamente tuvo que luchar contra el ansia de estar con aquel hombre.

–¿Has dormido bien? –preguntó él.

–Sí, gracias –contestó ella, levantando la vista.

–¿Cómo lo estoy haciendo?

–¿El qué?

–Servirte.

Ellie miró la rosa que había en la bandeja.

–Probablemente podrías conseguir un trabajo en el Dairy Burguer si el negocio del acero no marcha bien.

–*Obrigado* –respondió Diogo, sonriendo abiertamente. Le colocó una servilleta en el regazo–. He planeado que hoy hagamos muchas cosas.

–¿Hoy no vas a trabajar?

–No. Te voy a enseñar mi ciudad. Quiero que te guste tanto como a mí.

–¿Por qué?

–¿Importa eso? –quiso saber él–. Acepta mi oferta. A no ser, desde luego, que ya hayas estado de visita turística por estas exóticas ciudades extranjeras.

–Bueno... –Ellie pensó que aquello era muy tentador. De pequeña siempre había soñado con viajar. Pero...

Comió un poco de tostada, tras lo cual negó con la cabeza con decisión.

–No me vas a hacer cambiar de idea al llevarme a ver los lugares de interés, Diogo. Una vez nazcan los bebés, me los llevaré a casa.

–«Casa» puede significar muchas cosas. Una ciudad, un edificio –dijo él, tomando la rosa. Acarició delicadamente con ésta la mejilla de Ellie–. «Casa» puede significar familia.

Un escalofrío le recorrió el cuerpo a ella al sentir

los pétalos de la rosa acariciar su piel, tras lo cual sintió un revoloteo por la tripa. Supo que era uno de los bebés.

Emitió un pequeño grito y se sentó muy erguida en la cama. Apartó la rosa, la bandeja y las sábanas. Se puso las manos en la tripa. No pudo sentir nada por fuera, pero por dentro...

–¿Qué? –preguntó Diogo. Ansioso, se echó sobre ella–. ¿Qué ocurre? Llamaré a la doctora...

–No –espetó Ellie, volviendo a sentir el revoloteo–. ¡He sentido cómo uno de los bebés se movía!

–¿Sí? –dijo él, a quien se le borró de la cara su habitual expresión arrogante. Parecía inseguro.

–Sí –contestó ella, emocionada. Se rió y le tomó la mano para ponérsela sobre la tripa–. Aquí.

Diogo esperó unos segundos.

–No siento nada.

–Lo sentirás –aseguró Ellie, moviéndole levemente la mano. Entonces suspiró–. Aunque quizá tardes un par de meses.

–Si tú puedes esperar, yo también –aseguró él, mirándola.

El aire entre ambos se electrificó. Al tener la mano de él sobre su tripa, ella sintió cómo se le revolucionó el corazón y cómo se le dilataron los ojos. No pudo respirar.

–No... no seré tu amante, Diogo –susurró.

Él esbozó una leve sonrisa.

–No quiero que lo seas.

Ellie debió haberse sentido aliviada, pero un profundo dolor le traspasó el corazón. Bruscamente le soltó la mano y el bebé se revolvió en señal de protesta.

Se dijo a sí misma que no le iba a preguntar dónde había estado la noche anterior. Tenía demasiado orgullo...

–¿Dónde estuviste anoche? –espetó. Tras hacerlo deseó poder darse una patada a sí misma.

–¿Que dónde estuve? –dijo él, mirándola–. Sólo mi esposa tendría el derecho de preguntar algo así.

–Cualquiera que fuera tu esposa no querría saberlo –contestó ella entre dientes–. Seguramente sufriera un ataque al corazón.

–Ellie –Diogo se arrodilló junto a la cama–. No tienes motivo para sentirte celosa. Llegué a casa poco después de que te hubieras quedado dormida.

–Llegaste a casa... ¿de dónde? –insistió ella con la indignación reflejada en la voz. Se ruborizó–. ¡No estoy celosa!

¡Desde luego que lo estaba! Estaba desesperada. Perdida. Durante meses había estado muy afectada al ver desde su puesto de trabajo cómo él salía de su despacho con una bella mujer tras otra.

Y de aquella misma manera serían las cosas si se convirtiera en su esposa. Se acostaría con ella, le pagaría las facturas, les daría un apellido a sus hijos... pero nunca le entregaría su fidelidad ni su corazón. Su alma se marchitaría y moriría.

Pero había prometido quedarse en aquel lugar hasta que nacieran los bebés y se preguntó si podría sobrevivir si él trataba de seducirla... o si no lo hacía...

–Permíteme que te enseñe mi ciudad, Ellie –pidió Diogo con suavidad. Le tomó de la mano–. No te arrepentirás.

El deseo de aferrarse a aquella mano y de estar con él todo el tiempo que pudiera amenazó con desbordarla. Agarró la rosa y se bajó de la cama vestida con su largo camisón blanco.

–Está bien –logró decir–. Pero vamos como amigos. ¡Eso es todo!

Diogo abrió el armario y eligió un vestido de encaje blanco para ella.

–Ponte esto.

–Es precioso –comentó Ellie–. Pero sólo amigos –le advirtió–. No seré tu amante.

–No, no serás mi amante –contestó él–. Te doy mi palabra.

Capítulo 10

DESDE los pies de la estatua del Cristo Redentor, situada sobre la montaña Corcovado, Ellie pudo ver toda la ciudad de Río.

Preocupada, miró a Diogo. Éste había sido muy amable y cordial durante todo el día. Habían estado en la Feira Hippie de Ipanema y en una tienda de la playa Copacabana donde él, ignorando sus protestas, le había comprado toda una selección de bikinis. Después la había llevado a comer una barbacoa en una *churrascaria rodízio*.

Cada vez que lo miraba, él la estaba mirando a ella. Sus oscuros ojos la estaban evaluando. Esperaban. Reflejaban pasión...

Mientras observaba cómo se ponía el sol desde la posición privilegiada en la que se encontraban, notó cómo Diogo se acercó a ella por detrás. La abrazó por la cintura.

Un escalofrío se apoderó de su cuerpo y se tuvo que recordar a sí misma que debían actuar como amigos. Sólo como amigos.

–Deberíamos irnos –susurró.

–*Sim* –concedió él–. Una vez te haya besado.

–¿Besa...? –los labios de Ellie se separaron involuntariamente–. ¡Pero me prometiste...!

–Jamás prometí no besarte –contestó Diogo, apartándole el pelo del cuello para acariciarle la piel–. Llámalo un beso de amigos.

Ella se dio la vuelta en los brazos de él y le puso las manos en el pecho.

–Por favor, no...

Pero él acercó la cabeza a la suya. Le dio un beso apasionado y hambriento... la clase de beso con la que ella siempre había soñado.

Aturdida, casi se olvidó de dónde estaban y apenas se percató de las sonrisas de aprobación que esbozaban algunos de los turistas que había por allí.

Diogo la abrazó muy delicadamente y, cuando se apartó de ella, la miró. Sus ojos reflejaban tal intensidad que a Ellie le fue imposible apartar la mirada.

–¿Tienes hambre, verdad? –preguntó él, susurrando.

Ella tenía mucha hambre. Jamás había tenido tanta hambre. Le temblaron los labios.

–Yo...

–Ven conmigo –dijo Diogo, tomándola de la mano.

Su chófer les condujo en un gran vehículo negro por la ciudad. En el asiento trasero, él continuó agarrándole la mano. No la soltaba. La acariciaba incluso con la mirada.

El vehículo se detuvo frente a un elegante restaurante en la playa de Ipanema. Diogo la ayudó a salir del coche y entonces la guió dentro del restaurante.

–*Boa noite, senhor Diogo!* –saludó el portero.

El restaurante estaba lleno, pero a ellos les dieron de inmediato la mejor mesa. Estaba situada en la terraza del restaurante y desde ella se veía toda la playa.

–Tenías razón –concedió Ellie, disfrutando de las vistas–. Esta ciudad no se parece en nada a ningún lugar que haya visto antes. Es peligrosa y hermosa a la vez –añadió, mirando a Diogo de reojo–. Imposible de resistir.

Él dio un sorbo al martini que había pedido, tras lo cual lo volvió a dejar en la mesa.

–Me alegra que pienses eso.

Ellie miró su comida. Diogo había pedido un plato clásico brasileño para ella; *camaráo na moranga*, un estofado de mariscos con patatas y agua de coco, servido en una pequeña calabaza. Estaba delicioso. Saboreó cada bocado.

–Me quedaré hasta que nazcan los bebés –susurró–. Te doy mi palabra.

–*Tá bom* –contestó él, mirándola a los ojos–. Será lo mejor para todos.

Al salir del restaurante, ella suspiró.

–Ha sido un día fantástico, Diogo –dijo, esbozando una nostálgica sonrisa–. Casi siento que se haya acabado.

Él la abrazó y la miró con un pícaro brillo reflejado en los ojos.

–Nada se ha acabado, querida.

–Pero ya se está haciendo demasiado tarde.

–La noche sólo ha empezado.

Un antiguo edificio de granito era el lugar donde se encontraba el club más caliente de Río... en la favela más peligrosa de la ciudad. Parecía que Diogo no estaba preocupado, pero Ellie sabía que sus guardaespaldas habían insistido en esperar fuera. Especialmente su guardaespaldas personal, Pedro Carneiro.

Se estremeció. Siempre se ponía nerviosa cerca de Pedro. Seguramente era porque se parecía mucho a su hermano, que era la persona que la había atacado en la favela. Pero Diogo confiaba en él. Y, contra su deseo, ella estaba empezando a confiar en Diogo... que la sacó a la pista de baile.

La sala estaba repleta de bellas y jóvenes cariocas que bailaban de manera provocativa. Iban vestidas con diminutos vestidos y poco más para esconder sus curvas. Los hombres eran fuertes y movían las caderas con una descarada sensualidad. Los músicos que estaban tocando en directo comenzaron a interpretar un tango argentino.

Diogo le besó la mano, pero no fue un gesto caballeroso. Continuó mirándola a los ojos y apretando los dedos contra los suyos al comenzar a acariciarle la piel con los labios... una promesa de lo que le esperaba.

Un escalofrío le recorrió el cuerpo a Ellie.

Desesperada, se dijo a sí misma que él no iba a tratar de seducirla. Se lo había prometido.

Pero al abrazarla aún más estrechamente y apretar su mano en la parte trasera de su cuello, no pudo resistirse a él. Al ritmo de la música, Diogo la mantuvo en continuo contacto con su cuerpo.

Al sentir cómo le colocaba un muslo entre las piernas, ella no pudo evitar gemir.

Él agachó la cabeza hasta tenerla a sólo centímetros de la de ella, que deseó que la besara. Lo ansió desesperadamente.

Pero en el último momento, Diogo se dio la vuelta.

Cuando la canción terminó, Ellie sintió cómo le quemaba todo el cuerpo. Se preguntó si era posible morir por desear tanto a un hombre...

–Sólo amigos –susurró, cerrando los ojos–. Amigos...

Él le levantó la barbilla con un dedo y la forzó a mirarlo a los ojos.

–Jamás he querido ser tu amigo, querida –se sinceró–. Tú significas mucho más para mí que simplemente una amiga.

–¿Ah, sí?

–Cásate conmigo, Ellie. Te trataré como a una diosa durante el resto de tu vida.

¿Casarse con Diogo? Mirándolo, Ellie se sintió más tentada de lo que podía soportar.

Se percató de que él había hablado en serio cuando le había propuesto matrimonio. Pero había una cosa que fallaba; no la amaba. Simplemente quería poseerla y que los bebés se quedaran en Río...

Aquel día, por muy perfecto y bonito que hubiera sido, sólo era una farsa.

Cerró los ojos con fuerza. Aún sabiendo aquello, todavía quería decir que sí...

–¿Cuál es tu respuesta, *meu amor*? –preguntó él, acariciándole la mejilla–. ¿Me convertirás en el más feliz de los hombres? ¿Accederás a ser mi esposa?

Ella abrió los ojos y parpadeó con fuerza. Trató de recuperar el control.

–Tú no me amas.

–Permíteme cuidarte, permíteme hacer que estés cómoda y segura para siempre –pidió Diogo, mirándola de arriba abajo–. Permíteme darte un placer que nunca has conocido.

El deseo de rendirse ante aquello fue tan fuerte que Ellie tembló. Quería dejarse llevar. No quería nada más que ser la amada esposa de un poderoso multimillonario que se ocuparía de sus hijos y de ella durante el resto de sus vidas. Diogo provocaba que le quemara la piel con cada caricia. Y cuando sonreía...

Sus labios querían decir la palabra «sí». Trató de luchar contra ello. No podía permitir que él le rompiera el corazón.

Pero pensó que muchos *playboys* maduraban, se enamoraban y les eran fieles a sus esposas. Por lo que si él no la amaba en aquel momento, tal vez con tiempo...

El teléfono móvil de Diogo vibró en su bolsillo. Éste lo agarró y miró quién llamaba. La expresión de su cara cambió.

—Perdóname —se disculpó con Ellie, dándose la vuelta y hablando con una dulce voz a su interlocutor—. Catia...

Dejó a Ellie sola en la pista de baile.

Impresionada, ella se quedó allí de pie. Se sintió completamente humillada.

Casi había vendido su alma por un beso. Se dijo a sí misma que era una estúpida.

Pensó que lo que realmente quería Diogo era tener tanto a los bebés como a ella seguros, como muñecos en una estantería, para tomarlos y dejarlos según le complaciera. Viajaría por el mundo y seduciría a una mujer nueva cada noche... ¡se olvidaría de la familia que dejaba en casa!

Pero ella no iba a permitir que la comprara. Ni con su dinero ni con su encanto sexual. Prefería ser pobre y libre antes que el juguete de un hombre rico...

—Lo siento —se disculpó de nuevo Diogo, que apareció repentinamente frente a ella—. Tenía que responder a esa llamada.

–Desde luego –contestó Ellie fríamente–. Comprendo... no porque yo haya tenido ninguna amante, claro está.

Él se quedó mirándola. Ella se percató de que tenía la esperanza de que Serrador negara aquello. Quería creer que aquel hombre podía ser fiel.

Pero Diogo ni siquiera trató de negarlo. Sólo esbozó una sonrisa.

–Está bien –dijo, acercándose a ella–. ¿Dónde estábamos? Ah, sí. Tú estabas accediendo a casarte conmigo.

La humillación se apoderó de nuevo de Ellie, que sintió cómo le quemaba el cuerpo. Se movió antes de que él pudiera tocarla.

–Me ibas a llevar al aeropuerto –dijo sin alterarse–. Quiero irme a casa. Ahora.

–¿Ahora? –preguntó él, impresionado–. ¿Es así cómo cumples tu promesa de quedarte aquí hasta que nazcan los bebés?

Ella, que no confiaba en su voz, se encogió de hombros.

–*Tá bom*. Pero recuerda, querida, no me has dejado otra opción –contestó Diogo, tenso.

Sin previo aviso, la tomó en brazos en medio de la pista de baile.

–¿Qué estás haciendo? –exigió saber Ellie, gritando.

–Te voy a llevar a nuestra boda –respondió él.

–¿Qué? ¡No! –espetó ella, tratando de bajarse al suelo.

Las demás personas que había en el club estaban tan ensimismadas en sus bailes y en su propio placer que apenas se percataron de lo que ocurría.

Cuando Diogo la sacó del club y estaba a punto de meterla en su coche, ella lo miró con los ojos llenos de lágrimas.

–¡Por favor, no hagas esto! –suplicó.

Pero él la introdujo en el asiento trasero del vehículo.

–Como no entras en razón, no me queda otra opción –respondió, montándose a su vez en el coche. Se sentó al lado de ella y se dirigió al chófer–. Vamos.

–Pero... ¡me lo prometiste! –exclamó Ellie, lloriqueando.

–Y, al contrario que tú, cumplo mi palabra –contestó Diogo con una fría expresión reflejada en la cara–. Jamás serás mi amante, pero ahora mismo te juro que... serás mi esposa.

La noche estaba tan oscura como el corazón de Diogo.

El coche en el que viajaban se cubrió de barro ya que estaban circulando por una carretera de mala muerte en la selva. Ellie tenía la ventanilla bajada y observó una diminuta iglesia blanca medio escondida entre la maleza.

–No me puedo casar contigo –dijo, desesperada–. ¡Por favor!

–Es lo mejor –contestó él sin siquiera mirarla.

–Querrás decir lo mejor para ti.

En ese momento, Diogo se giró para mirarla. Tenía los ojos muy oscuros.

–No comprendo por qué sigues rechazándome.

–¡No, claro que no lo comprendes! –contestó ella con un toque sarcástico–. ¡Ninguna mujer te niega nada!

–Tú eres la primera –comentó él, frunciendo el ceño–. ¿Por qué? ¿Por qué quieres que nuestros hijos nazcan sin un padre, sin un apellido? ¿No sabes cuánto dolor les causará? Me deseas tanto que cada vez que me acerco a ti puedo sentir el calor que desprende tu cuerpo. ¿Por qué insistes en rechazar lo que ambos queremos?

–Porque... ¡porque yo quiero más! –espetó Ellie.

–¿Más qué? ¿Más dinero? ¿Más? ¡No comprendo! Te ofrecí lo que jamás le he ofrecido a otra mujer –dijo Diogo, que parecía exasperado, perplejo–. Te he pedido que te cases conmigo.

–No me estás pidiendo nada. Me estás forzando –señaló ella, apartando la mirada al sentir cómo las lágrimas brotaban a sus ojos–. Y supongo que eso debería ser suficiente para una mujer como yo. No tengo dinero y tú te estás ofreciendo amablemente a cuidar de mí. Debería estar agradecida, ¿no es así?

–Ya es suficiente –espetó él–. No entras en razón. *Tá bom.*

Entonces la tomó en brazos, la sacó del coche cuando éste se detuvo y la llevó a la iglesia.

Cinco minutos después, el cura del pueblo estaba mirando a Ellie con ojos amables y hablando en portugués. Aunque ella no entendía nada, supuso que les estaba casando.

En un momento dado, el cura se dirigió a Diogo y le realizó una pregunta.

–*Sim* –contestó Serrador, asintiendo con la cabeza.

A continuación el cura se dirigió a ella y le preguntó lo mismo.

–¡No! –gritó Ellie–. ¡No, no quiero!

Desconcertado, el cura miró a Diogo. Éste se encogió de hombros y sonrió. Entonces miró a su novia con una dulce expresión y respondió al hombre en portugués.

–Ah –contestó el cura, esbozando una sonrisa. Continuó con el discurso de la ceremonia.

–¿Qué le has dicho? –exigió saber ella.

–Le he explicado que estás reacia a casarte conmigo... debido a una inocente modestia de novia.

–¡Estoy aquí delante del altar con un vestido de maternidad!

–Afortunadamente a veces es difícil para un hombre distinguir entre un embarazo incipiente y unos pocos kilos de más en la cintura.

–¡Ojalá nunca hubiera permitido que me tocaras! –espetó Ellie.

–Extraño, lo que recuerdo era cómo me suplicabas que no parara –contestó Diogo con sorna–. También recuerdo cómo me dijiste que me amabas.

Ella se ruborizó y deseó poder morirse o... ¡matarlo!

–Eso fue hace mucho tiempo. ¡Te mataré si vuelves a tocarme!

–Una proposición muy fascinante... ¿merecerá la pena el riesgo de morir por tenerte en la cama? –preguntó él, mirándole los labios y los pechos–. Creo que sí.

Tímida, Ellie se subió el escote un poco más arriba.

El anciano cura levantó la mano para dar la bendición al matrimonio. Diogo le puso a ella un anillo de oro en el dedo y todo hubo acabado.

Era la esposa de Diogo.

La señora Serrador.

Estaba casada con el hombre que la había seducido, el hombre que se había casado con ella sin piedad. El hombre que le había robado su orgullo junto con su corazón. El hombre que la había dejado embarazada de gemelos.

Diogo la había hecho estremecerse de deseo... la había hecho amarlo...

Montada de nuevo en el coche, le castañetearon los dientes. El chófer se dirigió hacia una sucia carretera llena de curvas.

Miró por la ventanilla la misteriosa y oscura jungla. Pensó en la vida que había deseado tener cuando había sido una niña. Había crecido con unos padres que se odiaban el uno al otro y que culpaban a su única hija de sus desgracias. Fue entonces cuando había decidido que su vida sería distinta.

Pero se había visto forzada a casarse... al igual que sus padres. Diogo la iba a engañar... tal y como había hecho su padre con su madre. La engañaría y después se marcharía...

Se cubrió la cara con las manos.

–¿Tan malo es? –preguntó él con un tono de voz casi amable.

Ella miró a su marido con el odio reflejado en los ojos.

–¿Por qué me has tratado así? –quiso saber–. ¿Qué he hecho para merecer esto?

–¿Qué has hecho? –dijo él, mirando por la ventanilla del vehículo–. Cuando yo tenía ocho años, mi madre me dejó en la puerta de una mansión, en Barra. Me puso una nota en la camiseta sujetada con un alfiler y me dijo que en aquel momento yo era problema de mi padre. No sabía que él había muerto la semana anterior ni que sus hijos legítimos no tenían interés en compartir la casa, ni la herencia, con su hermanastro bastardo, que era un insulto viviente para su madre.

Boquiabierta, Ellie se quedó mirándolo. No podía creer que algo así pudiera ocurrir. ¡Una madre abandonando a su hijo de aquella manera! Se olvidó de su enfado.

–¿No quisieron que te quedaras?

–Mis hermanastras me mandaron a un orfanato como un prisionero. No había comida. Ni ropa. Así que me escapé –continuó él, esbozando una dura sonrisa–. María Carneiro me encontró en las calles y me llevó a su casa. Su hijo mayor me enseñó a pelear. Mateus me enseñó todo y yo lo veía como un ídolo. Hasta que me percaté de que quería una vida diferente a la que podía encontrar en cualquier favela.

Mirando a Diogo, Ellie no podía dejar de imaginarse a un niño de ocho años con una nota enganchada a la camiseta. Desconcertado y abandonado. Dejado a las puertas de una casa para que un padre al que nunca había conocido se encargara de él. Las burlas de sus hermanastras debieron haberle hecho mucho daño. Sin familia, él debía de haber estado muy...

Solo.

No le extrañó que hubiera estado tan decidido a que sus propios hijos no pasaran por lo mismo. No pudo evitar sentir mucha pena por todo lo que él había pasado de niño.

–Pero todo el mundo cree que eres un Serrador... que estudiaste en los mejores colegios y que te criaste entre algodones.

–Una vez gané mi primer millón, mis hermanastras decidieron reconocerme. Repentinamente cumplí sus requisitos... ellas habían dilapidado su fortuna al comprar unos maridos de la realeza europea –explicó Diogo–. Así que yo comencé a pagar sus facturas y, muy generosamente, ellas me dieron el apellido Serrador... junto con una nueva biografía que les parecía más adecuada para su imagen pública.

–Y las perdonaste –susurró Ellie.

–¿Perdonarlas? –él la miró con la incredulidad reflejada en la cara . Fuc únicamente una decisión de negocios. Yo sabía que las conexiones de mi padre serían útiles. Las minas de oro y de acero no son tan distintas. Sacan metal de la tierra y lo convierten en algo por lo que muchos hombres morirían... y hasta matarían –añadió, encogiéndose de hombros–. Adoptar el apellido de mi padre aceleró el crecimiento de mi compañía. Nunca planeé tener hijos. Nunca pensé...

–¿Qué?

–Jamás permitiré que ningún hijo mío sufra. No cuando yo puedo protegerlos. No cuando sé...

–Pero nuestros bebés no han sufrido, Diogo –aseguró ella, tomando la mano de él tímidamente y colocándola sobre su tripa–. Están seguros, ¿ves?

La agitada respiración de él se calmó y la expresión de su cara se dulcificó.

–Ellie –dijo, tomando entre los dedos un mechón de su pelo–. Me haces sentir...

Pero no terminó la frase. La besó y le acarició la lengua con la suya. Provocó que la pasión se apoderara de ella, que lo abrazó y se derritió ante su beso.

Capítulo 11

CUANDO al detenerse el vehículo Ellie se despertó, se percató de que había pasado la noche con la cabeza apoyada en el hombro de Diogo. Había estado durmiendo sobre él mientras viajaban por un sinfín de carreteras llenas de baches.

—Ya estamos aquí —dijo él, mirándola.

—¿Dónde? —preguntó ella, medio adormilada.

El chófer les abrió la puerta. Diogo la tomó de la mano y la ayudó a bajar del vehículo. El conductor dejó la maleta con los empleados que esperaban discretamente, tras lo cual volvió a montarse en el coche y se marchó.

—Bahía. Mi casa de la playa —contestó Diogo—. Mi lugar favorito de todo el mundo.

Ellie vio una lujosa casa situada en lo alto de un acantilado sobre el Atlántico. Tenía una piscina sobre una playa privada de arena blanca.

—El lugar perfecto para una luna de miel —comentó él en voz baja.

—¿Luna de miel? —dijo ella, titubeando—. No. No va a ocurrir.

—Te aseguro una cosa... —comentó Diogo— vas a ser mi esposa en todos los sentidos de la palabra.

Entonces la tomó en brazos y la introdujo en la vivienda. La llevó a un dormitorio y la dejó sobre la cama. Ellie sintió las manos de él por todas partes y cómo le tocó los pechos por encima del vestido.

–Eres mía, Ellie –murmuró él–. Y yo soy tuyo.

–¿Mío? –dijo ella con la emoción reflejada en la voz–. ¿Sólo mío?

–Mientras estés en mis brazos, querida –prometió Diogo– soy tuyo.

Aquél no cra un trato justo; él le estaba ofreciendo fidelidad temporal mientras exigía una eternidad de lealtad por parte de ella. Pero al sentir cómo la acariciaba fue incapaz de quejarse. Estaba perdida, cada nervio de su cuerpo deseaba a aquel hombre.

Sólo Diogo podía provocar aquellos sentimientos en ella.

Sintió los pechos llenos y pesados al bajarle él el vestido. Por encima del sujetador comenzó a chuparle un pecho y a acariciarle el otro. Ellie gritó al bajar él los labios por su cuerpo.

Diogo le quitó el vestido con mucha calma y ella se quedó semidesnuda en la cama. Entonces él se desnudó por completo. Desnudo delante de ella, iluminado por la luz que se colaba por la ventana, parecía un dios griego.

–Eres hermoso –murmuró ella, ruborizándose.

Él pareció sorprendido ante aquel cumplido y tomó sus pechos en las manos.

–Y tú eres magnífica –contestó, besándole la tripa. Se detuvo a chupar eróticamente su ombligo.

Ellie se estremeció.

–Siento que te quedaras embarazada contra tu deseo –comentó Diogo en voz baja–. Siento haberte forzado a ser mi esposa. Pero aun así... en realidad no lo siento en absoluto.

A ella se le aceleró el corazón. Él la besó y le acarició las caderas, la tripa, el interior de los muslos... Pero estaba haciendo algo más que tocarla. La estaba acariciando como si la amara y aquello estaba teniendo un gran efecto en ella. En su corazón. Cada caricia la seducía y la atraía a algo más profundo que su cama. Cada vez que le lamía la piel la seducía a volver a enamorarse de él, a enamorarse de un frío, calculador y mentiroso marido.

Pero aun así no podía evitarlo...

Diogo la abrazó estrechamente contra su desnudo pecho y ella se relajó en sus brazos. Disfrutó de la sensación de calidez y protección que le ofrecía aquel hombre.

–Permíteme que te ame –susurró él.

Delicadamente la tumbó en el colchón. Le apartó el pelo de la cara y le quitó el sujetador y las braguitas. Le besó cada centímetro de piel.

Ellie trató de luchar contra su propio deseo, pero cada caricia de aquel hombre la convertía aún más en su esclava...

El placer era insoportable. No sabía si eran las hormonas causadas por el embarazo o la intensidad de sus hinchados pechos, pero cuando él le chupó los pezones su espalda se arqueó al presionar su cuerpo desesperadamente contra él. Entonces Diogo le acarició entre las piernas...

Ellie gritó al sentir cómo la penetraba con los dedos. Primero lo hizo con uno, para a continuación penetrarla con dos. Lánguidamente, como si tuviera todo el tiempo del mundo, él le acarició el sexo. El cuerpo de ella se puso rígido al comenzar a retorcerse ante aquella caricia.

¡No! No podía permitir que Diogo le hiciera aquello. Una cosa era convertirse en su esposa, incluso compartir su cama, pero no podía rendirse. ¡No de aquella manera!

Sin dejar de acariciarla, él le besó delicadamente el interior de los muslos mientras con su otra mano le incitó un pecho.

–Ten un orgasmo por mí –susurró.

Desesperada, Ellie negó con la cabeza. No podía dejarse vencer de nuevo. Si lo hacía, estaría aceptando mucho más que sólo placer. Estaría aceptando su destino. Lo amaría completamente, sin ningún reproche.

–Siempre tan terca –comentó él–. Veremos quién gana.

En ese momento Diogo bajó la cabeza a la entrepierna de ella, que sintió la calidez de la respiración de él y cómo la penetraba con los dedos. Sintió su lengua en el corazón de su feminidad y cómo comenzó a lamerla con intensidad. Temblando, no pudo resistirlo más. Arqueó la espalda y gritó desesperada al sentirse invadida por un océano de placer.

Diogo se colocó sobre ella y sustituyó los dedos por su sexo. La penetró con fuerza. Durante un instante, Ellie se sintió como partida en dos e invadida por un placer inimaginable.

Él comenzó a hacerle el amor con pasión mientras ella acompañaba sus movimientos. El placer que estaba sintiendo era tan parecido al dolor que la llevó a un nivel más intenso todavía y no pudo evitar gritar con fuerza.

Sintió cómo los músculos de la espalda de Diogo se ponían tensos justo antes de que éste alcanzara el éxtasis del placer.

Tras varios minutos sintió cómo su respiración se

tranquilizaba y notó su pegajoso sudor entre los cuerpos de ambos. Se percató de que él todavía la tenía abrazada con fuerza.

Miró su oscuro pelo y su bella cara, cara que estaba apoyada en su pecho.

En una ocasión se había prometido a sí misma que cuando creciera tendría un matrimonio de amigos, de iguales. Una verdadera pareja.

Pero aquello no se parecía en nada a aquellos dulces sueños de niña. No había nada tierno en aquel matrimonio, sino que era algo terrenal, oscuro, caliente.

Se preguntó si aquel hombre, aquel príncipe oscuro que le había robado toda su inocencia, era el diablo. U otra cosa...

Se planteó si podría ser feliz como su esposa... consciente de que lo compartía con otras mujeres. Sabía que no podría serlo.

Pero si por algún milagro él pudiera ser fiel...

–Diogo...

Él abrió los ojos abruptamente.

–Los bebés –dijo, apartándose de ella–. ¿Les he hecho daño?

Ellie negó con la cabeza. Se mordió el labio inferior y vaciló.

–Me estaba preguntando...

–Vamos a dormir –sugirió entonces él, estirándose al lado de ella y abrazándola.

Aquello hizo que Ellie se sintiera bien. Demasiado bien. A pesar de su miedo y de los celos que sentía al pensar en las otras mujeres de Diogo, comenzó a quedarse adormilada en sus brazos, envuelta en la seguridad y comodidad que éstos le ofrecían...

Capítulo 12

ELLIE se despertó sintiendo más hambre que nunca en su vida.

Durante varios minutos oyó la tranquila respiración de Diogo y los pájaros que cantaban fuera de la casa. Sonrió.

Se ruborizó al pensar en todo lo que habían hecho en la cama su marido y ella. Su marido. Diogo era su marido. ¡Y vaya noche, o mañana, nupcial habían tenido!

Le sonaron las tripas del hambre que tenía. Se levantó de la cama y se puso una bata blanca que le quedaba muy grande. Se dirigió a la cocina, donde encontró té en el armario. Entonces encendió la tetera. Puso dos trozos de pan en la tostadora y, cuando estuvieron listos, los untó de mantequilla. Una tostada para cada bebé.

Sonriendo abiertamente agarró su té, sus tostadas y salió afuera. Se sentó en el patio para contemplar cómo el sol de la tarde se reflejaba en la piscina y en el océano.

Se percató de que estaba sintiendo algo que jamás había experimentado.

Felicidad. Una inmensa e inexplicable alegría.

Respiró profundamente. La playa de arena blanca estaba muy tranquila y el océano parecía extremadamente azul bajo el intenso sol brasileño.

Pero entonces oyó cómo vibraba el teléfono de Diogo dentro de la casa, vibración que la ponía enferma. Y oyó la voz de él...

–¿Catia?

Su sentimiento de felicidad se esfumó como el humo.

Agarró con fuerza la taza en la que estaba tomando su té. Catia. De nuevo. Se preguntó por qué no podía aquella mujer dejar en paz a Diogo... ni en su luna de miel.

La humillación y los celos se apoderaron de ella. Miró las tostadas, pero había perdido el apetito. Se acercó lentamente a las puertas de cristal que daban al interior de la casa para poder oír lo que decía él.

–*Tchau* –dijo Diogo. A continuación se bajó de la cama.

Ellie se apartó de la puerta. Trató de no sentirse herida y se forzó en que aquello no le importara. En realidad nunca había esperado que él la amara. Aquél era un matrimonio de conveniencia por el bien de sus bebés.

Pero los celos no la abandonaban. Le dolía tanto que era imposible fingir otra cosa.

Se preguntó si sería capaz de pedirle que dejara a sus otras mujeres y que le fuera fiel...

–Ahí estás –Diogo salió al patio y se puso a su lado–. *Bom dia*, mi preciosa esposa –añadió, dándole un beso en la sien.

Ella pudo sentir que estaba tenso y que estaba tratando de esconder sus emociones.

–Hay muchas olas esta mañana –comentó él, mirando el océano.

Ellie dejó su taza sobre la mesa y le puso las manos en la espalda a Diogo, el cual se giró para mirarla.

–¿Quién es Catia? –le preguntó–. ¿Por qué te telefonea?

–No quiero hablar de eso –contestó él.

–Una vez dijiste que tu esposa tendría el derecho a preguntar.

–Sí –concedió Diogo–. Algún día te lo contaré. Pero ahora no.

Ellie sintió cómo las lágrimas le brotaban a los ojos.

–¡No puedes esperar que te comparta!

–Querida...

–¡No me llames así! –espetó ella–. ¡No te atrevas a insultar mi inteligencia fingiendo que te preocupas por mí!

–Me compartirás, Ellie. No tienes otra opción. De la misma manera en la que yo tampoco tendré otra opción más que compartirte.

–Yo jamás...

–Con nuestros hijos –interrumpió él.

–¡No es lo mismo!

–Os daré tanto a los niños como a ti un buen hogar. Tendrás a tu disposición una inmensa fortuna y la protección que conlleva mi apellido. No me pidas más. Todavía no.

–¡Pero yo soy tu esposa!

–Hay algunas cosas que un hombre no discute con su esposa.

Ellie negó con la cabeza. No podía creer aquello. Se preguntó por qué Diogo simplemente no admitía que tenía una amante y así paliaba sus dudas.

–¿Quién es ella? –exigió saber–. ¿Es guapa?

–Esta conversación se ha terminado –contestó él con frialdad–. Acepta que tengo mis secretos.

–Está bien –dijo Ellie–. Guarda tus secretos.

–Vístete –ordenó entonces Diogo–. Tenemos que regresar a Río de inmediato.

–¿Ahora? ¡Pero si acabamos de llegar! Nuestra luna de miel...

–Nuestra luna de miel se ha terminado –respondió él–. Tengo negocios en Río.

¡Seguro! Ellie pensó que podía imaginarse qué clase de negocios eran aquéllos. Se preguntó qué clase de poder ejercía la tal Catia sobre él.

–No quiero marcharme.

–Nos marchamos en cinco minutos. Estate preparada –ordenó de nuevo Diogo, entrando en la vivienda sin mirar atrás.

Pocos minutos después, Ellie estaba vestida con una amplia camisa blanca y unos pantalones color caqui. Sintiéndose extremadamente triste, salió de la casa de la playa y siguió a su esposo hacia el helicóptero que les esperaba en lo alto de un acantilado. Pero repentinamente le temblaron las rodillas y se detuvo. Se llevó una mano a la boca.

Como si de alguna manera hubiera sentido su sufrimiento, Diogo se dio la vuelta. Se apresuró a acercarse a ella.

–¿Qué te ocurre? –le preguntó–. ¿Estás enferma?

–Creo... creo que sólo tengo hambre. Y sed. Preparé unas tostadas, pero no me las comí...

Diogo le dio unas órdenes a uno de sus guardaespaldas. Cuando Ellie estuvo sentada en el asiento de cuero del helicóptero, una de las empleadas de la casa apareció allí con un bocadillo de jamón y queso, una manzana y una botella de agua.

–¡Que tenga buen viaje, *senhora*!

–Si sigues teniendo sed, también hay zumo y leche –le informó Diogo, señalando un pequeño frigorífico que había en el helicóptero–. Y en esa caja hay galletas y patatas. Una vez lleguemos a casa, a Luisa le encantará prepararte lo que te apetezca comer.

–Gracias –ofreció Ellie, observando cómo despegaba el helicóptero.

Durante el breve trayecto hasta Río, él estuvo trabajando con su ordenador portátil y contestando llamadas en su teléfono móvil.

Ella se preguntó cómo podía Diogo ser tan amable un momento y al siguiente ser tan frío. Se percató de que era porque sólo le interesaban los bebés. Quería que ella estuviera cómoda por el bien de los niños, pero no le importaban nada sus sentimientos.

Todas las promesas que su cuerpo le había hecho en la cama, cada susurro de amor que conllevaban sus caricias, habían sido mentira.

Se terminó de beber el agua y de comer la manzana. Entonces se echó para atrás en el asiento y se preguntó de nuevo por aquella mujer. Catia. ¿Qué clase de mujer podía tener tanto poder sobre Diogo?

Durante el año que había estado trabajando para él, había aprendido que era conocido como el *playboy* al que nadie podía cazar, el hombre que jamás se comprometería con ninguna mujer.

Catia debía de ser muy bella, pero para haber capturado a Diogo de aquella manera debía de ser algo más. Debía de ser sofisticada, elegante, poderosa. Seguramente tenía una licenciatura en Empresariales, hablaría cinco idiomas, sería propietaria de su propia empresa y viajaría en su propio avión privado.

Y, desde luego, sería extremadamente tentadora en la cama.

No como ella, que sólo había tenido dos noches de experiencia sexual en toda su vida... ¡ambas con el mismo hombre!

No podía competir con una mujer tan perfecta. Para Diogo, ella sólo era la madre de sus hijos y la persona que ocasionalmente le calentaba la cama. Para él, ella sólo representaba una posesión más. Y como ya había completado su toma de poder sobre ella, se había aburrido y estaba buscando un nuevo reto.

Mientras que ella...

Al descender el helicóptero al llegar a Río, respiró profundamente.

Estaba enamorada de él.

Se había vuelto a enamorar de Diogo. Y le dolía profundamente ver cómo él podía insultarla y humillarla de aquella manera en el segundo día de su matrimonio.

Todavía estaba temblando al haberse dado cuenta de todo aquello cuando aterrizaron en lo alto del edificio de oficinas Serrador. Bajaron a la calle en el ascensor y vieron que Guilherme les estaba esperando con el coche.

–Leblon –le ordenó Diogo a su chófer.

¿Leblon? Mientras se dirigían hacia el sur de la ciudad, Ellie sintió cómo le daba un vuelco el corazón. Él había visitado aquel lujoso barrio de Río con anterioridad... durante su viaje de negocios en febrero. Había cancelado una reunión y le había pedido al chófer que le llevara a la Rua Joao Lira. Distraía con todo el papeleo que había tenido que realizar, ella no había prestado mayor atención. Pero en aquel momento...

Incluso en febrero él había estado viéndose con su otra mujer. Catia.

Y se preocupaba tan poco por sus sentimientos que no se molestaba siquiera en esconderlo.

Se le llenaron los ojos de lágrimas. Cuando llegaron a Leblon se percató de que todas las casas y tiendas de la zona eran nuevas y bonitas.

Pero justo detrás de las edificaciones nuevas, las favelas se agolpaban en una colina y ensombrecían levemente la belleza de aquel barrio.

—Estamos aquí, *senhor* —le dijo el chófer a Diogo una vez detuvo el coche.

En ese momento Diogo la miró por primera vez desde que habían salido de Bahía.

—Guilherme te llevará a casa.

Ellie lo miró y sintió cómo el fuego le quemaba por dentro.

—No te marches de esta manera. Por favor —le suplicó—. No te vayas con ella.

Él la miró sin ninguna expresión reflejada en la cara.

—Vete a casa, Ellie.

A continuación se bajó del coche y cerró la puerta tras él.

El chófer arrancó de nuevo el vehículo y se unió al tráfico de Río. Ella se dio la vuelta y miró por la ventanilla trasera. Vio cómo Diogo subía unas escaleras hasta llegar a la brillante puerta roja de una casa. Le abrió una preciosa chica de pelo castaño que le sonrió abiertamente. Lo tomó de la mano y le hizo entrar en la vivienda.

Una fría cólera, diferente a todo lo que había sentido en su vida, se apoderó de Ellie. La furia le recorrió las venas y le congeló el corazón.

Se preguntó cómo se atrevía él a hacer algo como aquello.

–Detén el coche –le ordenó al chófer–. ¡Detenlo!

–No, *senhora* Ellie –contestó Guilherme–. El *senhor* me ordenó que la llevara a casa...

A ella le estaba latiendo el corazón con tanta fuerza que pensó que le iba a explotar en el pecho si no le decía a Diogo lo que pensaba de él... y de su mujerzuela. Quizá ella no fuera la mujer más glamurosa ni educada del mundo, ¡pero no se merecía que la trataran como si fuera una bolsa de patatas vacía!

–Está bien –espetó–. ¡No detengas el coche!

Mientras el vehículo todavía se movía, abrió la puerta. Gritando, horrorizado, el chófer pisó el freno en medio del tráfico.

Ellie se bajó del coche y se dirigió a la acera. Jadeando y con la cara roja debido al enfado que sentía, se apresuró a llamar a la misma puerta que había llamado Diogo.

Llamó una, dos veces.

Entonces la puerta se abrió. La misma bella mujer respondió. Era tan bella, encantadora, misteriosa e irresistible como había temido Ellie.

Habló con el típico acento de la flor y nata británica. Frunció el ceño al mirarla.

–¿Qué quiere?

–Tú debes de ser Catia. Dile a Diogo Serrador que su esposa está aquí.

Capítulo 13

ELLIE –dijo Diogo con el enfado reflejado en la cara al verla entrar en aquella casa.

–¡No te voy a compartir! –espetó ella–. ¡No lo haré!

–*Maldição*, no voy a aguantar esto... ¡ni de ti ni de nadie!

–¿Esperas que simplemente acepte la historia que me cuentes? –exigió saber Ellie, a punto de llorar–. ¿Crees que debería estar callada y agradecida? ¿Crees que debería aceptar tu engaño? ¡Pues no lo haré! –añadió, apretando los puños–. Soy tu esposa, tengo sentimientos y espero que tú... espero...

Se preguntó qué esperaba realmente.

Esperaba que Diogo fuera tan sincero como ella lo era con él.

Esperaba que la amara como lo amaba ella a él.

¡Era una idiota!

–Maldito seas –susurró, dejándose caer en el sofá del salón de aquella casa. Trató de esconder sus sollozos–. Vete al infierno.

Diogo se acercó a ella de inmediato y la abrazó con una inesperada delicadeza. Le besó la sien y le acarició el pelo.

–Ella no es mi amante, Ellie –dijo–. No lo es.

–Pero...

–No me hubiera casado contigo si hubiera pretendido serte infiel –continuó él con la emoción reflejada
en los ojos.

Ella lo miró. Tenía miedo de creerle.

–Entonces... ¿qué estás haciendo aquí?

–No quería que lo supieras –contestó Diogo, tenso–.
Me daba... vergüenza.

–¿Vergüenza? –Ellie emitió un pequeño grito–.
¿De qué?

–Debes saber una cosa; cuando te forcé a casarte
conmigo, te entregué mi fidelidad. Jamás romperé mi
promesa. Nunca.

–Pero el nuestro no es un matrimonio de verdad
–comentó ella, agitando la cabeza. Tenía los ojos llenos de lágrimas.

En ese momento él la besó y provocó que la pasión
le recorriera las venas...

–Dime que esto no es verdad, que no es real –exigió Diogo.

Ellie oyó cómo chirriaba la puerta. Aturdida, levantó la mirada y vio a la mujer castaña que les había
abierto la puerta a ambos. Ésta llevaba una bandeja en
las manos y la estaba mirando de muy mala manera.
Le quedó claro que, si no era la amante de Diogo, obviamente quería llegar a serlo.

–¿Entonces... entonces por qué estás aquí con Catia... –le preguntó Ellie a su marido en voz baja– si no
es tu amante?

–Ah –dijo él, mirando a la mujer castaña–. Ella se
llama Angelique Price. Es una niñera.

–¿Una niñera? –repitió Ellie como atontada.

En ese preciso momento una niña pequeña, de más
o menos cinco años, entró en la sala. Llevaba una mu-

ñeca en las manos. Se detuvo frente a Diogo y lo miró con el miedo reflejado en los ojos.

–¿Qué estás haciendo aquí? –preguntó la pequeña en inglés, abrazando su muñeca–. ¡Márchate! ¡No quiero que estés aquí!

Diogo se levantó.

–Hola, Catia –saludó, acercándose a la niña–. Te he echado de menos, *minha pequena*. Angelique me telefoneó y me dijo que estabas preguntando por mí. He venido tan pronto como me ha sido posible.

–¡No! ¡No te quiero! ¡Márchate!

Diogo tomó a la pequeña en brazos. La muñeca que ésta sujetaba cayó al suelo.

–¡No! ¡Déjame en el suelo! ¡No quiero que estés aquí, no te quiero aquí!

No era una niña preciosa, aparte del hecho de que todos los niños son bonitos. Tenía el pelo castaño desvaído, llevaba unas gruesas gafas y tenía los dientes torcidos. Estaba demasiado delgada y era demasiado seria para tener sólo cinco años.

–¿Quién es ésa? –preguntó la niña, mirando a Ellie.

–Es Ellie –contestó Diogo, acariciando el pelo de Catia–. Mi esposa –entonces se dio la vuelta–. Ellie, me gustaría que conocieras a Catia. Mi hija.

Una hora después, una vez la niña se hubo marchado a la cocina con su niñera para comer, Ellie y Diogo se sentaron en el sofá del salón. La tensión que había habido entre Catia y su padre durante la visita no había mejorado, a pesar de los intentos de éste.

Cuanto más trataba de complacer a la pequeña, más se apartaba ella de él.

–Contraté a Angelique a través de una agencia. Ni siquiera sabía que tenía una hija hasta las pasadas Navidades –explicó Diogo–. Ha vivido en Río durante todos estos años, pero yo no lo sabía.

–¿Dónde está su madre? –preguntó Ellie con delicadeza.

–Está muerta.

–¿Muerta?

–Yasmin era bailarina... muy apasionada y llena de vida. Cuando la conocí, yo estaba construyendo una nueva mina en Saskatchewan. En nuestra tercera cita me pidió que me casara con ella y yo pensé que era una cazafortunas que estaba tratando de atraparme. No le hice ninguna pregunta. Simplemente rompí la relación. Cuando le dije que ella no significaba nada para mí, me dijo que ya había tenido suficiente. Jamás se me pasó por la cabeza que pudiera estar embarazada.

–Oh, Diogo... –dijo Ellie, boquiabierta.

–Cuando me enteré de lo de Catia, no pude soportar pensar en el hecho de que, sin saberlo, había abandonado a mi hija durante cinco años. Me tenía que asegurar de que ninguna otra mujer se quedaba embarazada sin que yo lo supiera...

–Por eso te hiciste la vasectomía.

Él asintió con la cabeza.

–¿Qué le ocurrió a Yasmin?

–Trató de mantener sola a su hija, pero después de resultar herida ya no pudo hacerlo. Más tarde me enteré de que trató de ponerse en contacto conmigo cuando Catia tenía seis meses. Me envió una carta, pero nunca la recibí. Wright la interceptó y amenazó a Yasmin.

–¿Timothy? –preguntó Ellie, impresionada.

–Sí –contestó Diogo.

–¿Timothy? –gritó ella–. ¿Amenazó a la madre de tu hija?

–Cuando en Navidades me enteré de ello, me dijo que sólo había tratado de protegerme. Le escribió una carta a Yasmin informándole de que, si trataba de ponerse de nuevo en contacto conmigo, haría que la arrestaran por extorsión –contestó él, tenso–. Y le ofreció comprarle el bebé por diez mil dólares.

–¡Diez mil dólares!

–A Yasmin le aterrorizó la idea de que Wright tratara de robarle a su pequeña, por lo que jamás trató de volver a ponerse en contacto conmigo. Pero como no tenía familia ni apoyo de ningún tipo, terminó trabajando como prostituta de lujo en Río –continuó Diogo. Hizo una pausa y miró a Ellie con un gran vacío reflejado en los ojos–. Y fue así como murió. En Navidades uno de sus clientes la mató de una paliza.

Ellie contuvo el aliento. Le costaba comprender el horror de todo aquello.

–¿Y Catia?

–Yasmin siempre la dejaba con una niñera cuando atendía a sus clientes. Catia sabe que su madre está muerta, pero no cómo ocurrió.

–Gracias a Dios –comentó Ellie–. Pobre niña...

Aquello era una tragedia inmensa. Pensó en lo absurdos que habían sido sus celos. Su rival había sido una niña huérfana de madre.

–No te preocupes –dijo Diogo con frialdad, malinterpretando la pausa de ella–. Comprendo que Catia es hija mía, no tuya. No espero que me ayudes a criarla.

–No digas tonterías –contestó Ellie resueltamente–. Es tu hija. Debe vivir con nosotros.

–¿Harías... eso? –preguntó él.

–¡Desde luego! –respondió ella, frunciendo el ceño–. Lo que no comprendo es por qué sigue viviendo en esta casa con una niñera. ¿Por qué no ha vivido contigo desde que obtuviste la custodia?

–Yo trabajo muchas horas y viajo muy a menudo a Nueva York. Pensé que era mejor que se quedara en su propia casa...

–¿En la casa en la que mataron a su madre de una paliza? –preguntó Ellie, impresionada.

–Tienes razón, tienes razón –concedió él–. La verdad es que quiero que esté conmigo. Todos los días. Pero ella se niega a dejar este lugar. Cuando trato de hacer las maletas para llevármela, se pone a gritar y se abraza a Angelique.

–No me gusta esa mujer, Diogo. No confío en ella –confesó Ellie, pensando que lo que la niñera quería era quedarse con él.

–Catia ha perdido a su madre. A mí no me conoce y yo simplemente no sé cómo acercarme a ella –Diogo apoyó la cabeza en sus manos–. Pensé que, si le daba unos meses para que llorara la muerte de su madre, estaría dispuesta a aceptar su nueva vida como hija mía. Pero ahora estoy contra las cuerdas; no sé qué hacer. Aparte de invitar también a Angelique a vivir con nosotros.

¿Angelique viviendo con ellos? Horrorizada, Ellie se quedó mirándolo.

–Simplemente tienes que ser firme.

–¿Firme? –repitió él, esbozando una adusta sonrisa–. ¿Con una niña de cinco años? ¿Quieres que la saque de su casa mientras grita y da patadas? No puedo hacer eso, Ellie –entonces añadió–. ¡Qué Dios me ayude! No sé qué hacer.

Ella se quedó mirándolo durante un momento. Con cuidado, se acercó y le acarició su oscuro pelo. Diogo parecía realmente abatido... destruido.

Mientras le acariciaba la cabeza observó cómo él cerró los ojos y suspiró. Pensó que tenía que hacer algo ya que no soportaba verlo sufrir de aquella manera. Ni a la pobre niña tampoco.

–Voy a ayudarte –aseguró.

Diogo abrió los ojos para mirarla. Tenía una expresión muy vulnerable reflejada en la cara y ella se percató de que él se culpaba por todo. Por la muerte de Yasmin, por el dolor de su hija...

–¿Qué vas a hacer?

Ellie le dio un delicado beso en la frente.

–Voy a ir a hablar con ella. Todo va a salir bien, Diogo –dijo–. Te lo prometo.

La esperanza que reflejaron los ojos de él casi le rompió el corazón. Entonces se dirigió a buscar a la niña a la cocina, pero no la encontró allí. Ni a Catia ni a su niñera. Frunciendo el ceño, subió a la planta de arriba. Se detuvo al oír voces tras la puerta de un dormitorio.

–Tu papi no te quiere –estaba diciendo Angelique–. Es igual al otro hombre malo del que te hablé, el que le hizo daño a tu mamá. Yo soy la única que te puedo mantener segura. Si dejas que te lleve con él, te pegará y te gritará. A no ser de que yo esté contigo. Así que recuerda... ¡no te marches sin mí! Y entonces... me casaré con él y no tendré que trabajar nunca más...

La pequeña dijo algo en un tono de voz tan bajo que Ellie no pudo oírlo. La niñera resopló en alto.

–Oh... ella. No, no es tu nueva mamá. Pero no te preocupes. Pronto nos desharemos de ella.

Ellie abrió la puerta de par en par. Vio a una petulante niñera junto a una niña llena de lágrimas y la rabia se apoderó de ella.

–¿Qué le estás diciendo? –exigió saber.

–¿Qué quiere decir? –respondió Angelique, esbozando una inocente sonrisa–. Simplemente le estaba diciendo que debe ser una niña buena para su papá. ¿Bajamos ya para cenar, señora?

Ellie agarró a aquella maliciosa mujer por la muñeca.

–Eres horrible. Estás... despedida.

–¡Despedida! –repitió la niñera con el pavor reflejado en los ojos–. ¡Usted no me puede despedir! ¡Sólo el señor Serrador puede hacer eso!

–¡Fuera! –gritó Ellie–. ¡Márchate antes de que te pegue con mi zapato!

Angelique salió corriendo de allí.

Aterrorizada, Catia gritó. Ellie se arrodilló frente a ella.

–No pasa nada, cariño –dijo con voz dulce, tratando de tranquilizarla–. Angelique sólo estaba siendo mezquina. Está equivocada. Tu padre te quiere. ¡Jamás te haría daño!

Trató de darle un abrazo, pero la pequeña se echó para atrás. La pobre Catia realmente creía cada maliciosa mentira que le había contado su niñera.

–Tu papi quiere que vengas a casa con nosotros, a quedarte... –continuó Ellie, desesperada.

–¡No!

Con los ojos llenos de lágrimas ante el dolor y la

confusión de aquella pobre niña, Ellie respiró profundamente y trató de encontrar una manera de poder hacer comprender a la pequeña.

—Queremos que estés con nosotros. Tendrás tu propia habitación, muchos juguetes y...

—¡No! —gritó Catia—. ¡No voy a ir!

—Y hermanos. Dos bebés —prosiguió Ellie, desesperada—. Un hermanito y una hermanita con los que muy pronto podrás jugar...

Repentinamente los gritos cesaron.

Catia contuvo la respiración y se quedó mirando a la esposa de su padre.

—¿Bebés? —susurró finalmente—. ¿Un hermano y una hermana?

Ellie asintió con la cabeza. Se puso las manos sobre la tripa.

—Tu padre y yo vamos a tener gemelos. A principios de noviembre.

—Pero... entonces... ¿por qué me queréis a mí? —preguntó la niña.

—Los bebés necesitan una hermana mayor que les enseñe cómo jugar —respondió Ellie, acariciando el oscuro pelo de Catia.

—Oh... yo puedo hacerlo. Puedo enseñarles cómo jugar con una pelota y cómo montar en bicicleta. Y muchas otras cosas...

—Sé que puedes —contestó Ellie, tendiéndole la mano—. Queremos que formes parte de nuestra familia, Catia. Te queremos. Te necesitamos.

—¿Tú me quieres? —quiso saber la niña, mirándola tímidamente.

—¡Sí! —contestó Ellie. Las lágrimas comenzaron a caerle por las mejillas.

En pocas horas había llegado a querer a aquella
niña huérfana de madre que desesperadamente quería
pertenecer a una familia y ser amada. Igual que ella
cuando había sido...

Contuvo el aliento y esperó con la mano tendida.

Catia puso su pequeña mano en la de Ellie, lo que
llenó el corazón de ésta de alegría.

–No te arrepentirás. Te lo prometo. Con nosotros
siempre estarás segura y contenta.

Juntas, bajaron a la planta de abajo.

En el salón, Angelique Price estaba hablando con
Diogo, el cual tenía una dura expresión reflejada en la
cara. Pero Ellie supo que la arrogancia de él era sólo
una máscara para esconder el gran corazón que tenía.

–Su nueva esposa está celosa de la niña, señor Serrador –estaba alegando la bella niñera. Le puso una
mano en el brazo a Diogo–. ¡Está loca! No permita
que aparte a la pequeña de mi lado. Creo que pretende
hacerle daño a la niña. Está tratando de librarse de mí
para así poder mandar a Catia a un internado... o a algún lugar peor. Si quiere a su hija, por el amor de
Dios, ¡no permita que me despida!

Ambos levantaron la mirada al entrar Ellie y Catia
en el salón. La cara de Diogo se iluminó al ver que su
esposa llevaba a su hija de la mano.

–Estoy preparada, papá –dijo la pequeña tímidamente–. Quiero irme a casa con nuestra familia.

–¡Oh, *pequena*! –exclamó él.

La niña soltó la mano de Ellie y tendió sus delga-
dos bracitos. Diogo se acercó a tomar a su hija en brazos.

–Después de todo... –dijo Catia alegremente– ¡alguien tiene que enseñarles a esos bebés a jugar!

–Gracias, Ellie –ofreció Diogo, abrazando estrechamente a su pequeña. Tenía lágrimas en los ojos–. Gracias.

–¡No puede confiar en ella! –gritó Angelique–. ¿En quién va a creer... en ella o en mí?

Con la mano que le quedaba libre, Diogo tomó la mano de Ellie.

–Creo que mi esposa te ha despedido –dijo con frialdad–. Tienes cinco segundos antes de que te eche por la puerta.

–Usted no haría eso.

Diogo dio un paso al frente y Angelique se apresuró a salir de la casa.

Entonces él se dirigió a su pequeña familia.

–Vamos –dijo con ternura–. Vayámonos a casa –añadió, besando la mano de Ellie.

En los oscuros ojos de él, ella vio reflejada una nueva calidez... y tras ésta la promesa de una intensa pasión.

Capítulo 14

TE LA VOY a quitar.
Diogo se quedó mirando la nota que tenía en las manos.

Al principio no había hecho caso de los anónimos. El primero había aparecido en su maletín cuando había regresado de un viaje de negocios a Nueva York a principios de junio.

El siguiente lo había encontrado en su avión privado en septiembre. Y en aquel momento había recibido aquél... en el coche que su esposa e hija utilizaban en Río.

Guilherme le juró que no sabía cómo había llegado la nota al Bentley. Diogo le creyó.

Sabía quién las había mandado. Timothy Wright. El arruinado abogado había perdido todo y estaba perseguido por la policía americana. Aparentemente estaba decidido a vengarse de su ex jefe, ex jefe que había ofrecido evidencias en su contra.

Pero Diogo no comprendió cómo podía Wright dejar aquellos anónimos en lugares tan privados como lo estaba haciendo. No entendía cómo había burlado la vigilancia de sus guardaespaldas.

Te la voy a quitar.

Arrugó la nota y la tiró a una papelera que había en la calle junto al Carlton Palace.

Sus hombres detendrían a Wright, pero le sorprendió que estuvieran tardando tanto. Él no podía proteger a su familia si no podía encontrar a su enemigo. Y ya había tenido suficiente. Había llegado el momento de que llamara a todos sus hombres... y de que pidiera algunos favores.

Al salir del ascensor en la planta novena, les dio algunas instrucciones a sus guardacspaldas. Pedro le prometió que tendría más cuidado de lo normal.

Al abrir la puerta de su ático todavía estaba tenso. Dos pares de ojos femeninos le miraron alegremente desde la cocina. Catia llevaba puesto un vestido rosa y una diadema. Ellie, a la que ya se le notaba mucho el embarazo, se había puesto una camiseta negra y unos pantalones rectos. Estaba muy guapa.

–¡Papá, has llegado a casa justo a tiempo! –exclamó la niña, riéndose tontamente–. ¡He preparado yo sola la cena!

Ellie iba a dar a luz en muy poco tiempo y Catia realmente había florecido tras haber pasado cinco meses con ella. Estaba más guapa.

–La cena huele muy bien –comentó Diogo–. ¡Nunca antes me había preparado la cena una princesa!

–Oh, papá. El vestido no es para preparar la cena –dijo Catia, riéndose tontamente de nuevo–. ¡Me he vestido de princesa para el cumpleaños de Beatriz!

Diogo recordaba vagamente que la hija de un General brasileño iba a celebrar su cumpleaños con una gran fiesta.

–¿Te gusta mi diadema? –preguntó la pequeña–. ¡Mamá y yo hemos pegado las piedras nosotras mismas!

–Ha sido divertido –comentó Ellie, abrazando a la niña. Entonces miró a Diogo–. Oh, acabo de hablar con mi abuela...

–¿Sí? –contestó él.

–Ha recibido el regalo de cumpleaños que le mandaste y es la envidia de todas sus amigas. No te andas con tonterías cuando regalas algo, ¿verdad?

–La abuela que te crió se merece lo mejor –respondió él.

–No me puedo imaginar qué fue lo que te poseyó para mandarle a una señora de setenta años un Ferrari amarillo, pero ha estado dando vueltas con el coche por toda Pennsylvania.

–Me percaté del pintalabios naranja y supe que iba a hacer falta mucho para impresionarla.

–Me ha dicho que jamás se lo había pasado tan bien. Quiere que regresemos –Ellie hizo una pausa–. Me ha mandado una lista de muchos colegios estupendos en Nueva York...

Irritado, Diogo negó con la cabeza.

–Aquí también hay buenos colegios.

–Lo sé, lo sé. Pero Nueva York... –dijo ella con añoranza.

–¡Mamá! –gimoteó Catia–. ¡Está quemando!

Ellie ayudó a la pequeña a remover la salsa. A continuación le dio una cucharada a Diogo para que la probara. Éste la saboreó con gusto.

–*Estava delicioso! Meus cumprimentos ao chefe.*

–Mis felicitaciones al chef –tradujo Ellie con facilidad.

–¡Tu portugués está mejorando!

–*Obrigada* –contestó ella, sonriendo–. He tenido un buen maestro –añadió, mirando a Diogo a los

ojos–. Ah, le he permitido a Luisa tener la noche libre
–comentó con una estudiada inocencia–. Mientras Catia esté en la fiesta, me temo que vamos a estar solos...

–Lo estaremos, ¿eh? –respondió él, sintiendo cómo
un escalofrío le recorría todo el cuerpo ante la pícara
mirada de ella.

Incluso embarazada de nueve meses, para él Ellie
era la mujer más sexy del mundo. Hacían el amor cada
noche...

Te la voy a quitar.

Al recordar la nota, se puso tenso. Miró el ático y
pensó cuánto había cambiado éste durante los últimos
meses. Ya no era un espacio lujoso y frío, sino que estaba lleno de fotografías de ellos y de Catia, así como
de cómodos sofás y flores que adornaban las mesas.

Sentía aquel lugar como su hogar de una manera
que no había hecho antes. Le encantaba. Y no por la
nueva decoración, sino por Catia... y Ellie.

Pero, frunciendo el ceño, pensó que tenía que encontrar a Wright. En aquel momento.

–Ahora vuelvo –le dijo repentinamente a Ellie.

–¿Qué ocurre? –quiso saber ella.

Diogo no quería mentirle, pero deseaba que su mayor preocupación fuera ir de compras para los bebés y
jugar con Catia. No quería que se preocupara por un
hombre de su pasado que les deseaba mal.

–No ocurre nada –contestó–. Todo está bien.

Se dio la vuelta antes de que ella pudiera hacer más
preguntas. Se dirigió a su despacho y telefoneó a varios amigos de agencias gubernamentales para pedir-
les algunos favores. También telefoneó a la INTER-
POL. Pero al colgar el teléfono continuó sintiéndose
intranquilo.

Se dijo a sí mismo que sus hombres lo encontrarían. Aun así, estuvo distraído durante toda la cena. Tras el delicioso banquete, se despidió de Catia dándole un abrazo. Pedro, el guardaespaldas en el que más confiaba, llevó la maletita de la pequeña y acompañó a ésta al coche que la esperaba abajo. La casa del General estaría llena de seguridad, por lo que supo que su hija estaría segura en aquel lugar.

–Noto que hay algo que te preocupa –le dijo entonces Ellie, abrazándolo por la cintura–. Es mejor que me lo cuentes.

–Mi único problema es que ha pasado demasiado tiempo desde la última vez que estuvimos solos –contestó él, dándose la vuelta para mirarla.

Entonces llevó a su esposa al dormitorio y le hizo el amor con una intensidad casi desesperada. Tras ello, estuvo toda la noche abrazándola. Ellie se quedó dormida en sus brazos, pero él no pudo dormir. Estuvo mirando al techo y entonces, antes de que amaneciera, se levantó de la cama.

–¿Adónde vas?

Diogo había pensado que ella todavía estaba dormida. La miró. Estaba tumbada de espaldas sobre las almohadas, desnuda de cintura para arriba. Tenía un aspecto tan exuberante y bello que le conmovió.

–Tengo que ir a trabajar. La compra de Vahlo...

–Olvídate del trabajo –pidió Ellie–. Quédate en casa conmigo para que juguemos.

–Ésa es la manera de asegurarnos ser pobres.

–Creo que podríamos apañárnoslas con un par de millones menos.

–Es Wright –espetó Diogo–. Está amenazando con apartarte de mi lado.

Ante su sorpresa, ella se rió.

–¿Timothy? ¡Claro que me desea! Embarazada de nueve meses estoy tan guapa e irresistible –bromeó.

–Lo estás –dijo él, acercándose a darle un delicado beso en los labios–. Me ha mandado notas anónimas.

–Si son anónimas, ¿cómo sabes que...?

–Lo sé respondió Diogo con gravedad–. Y debí haberlo matado cuando tuve la oportunidad. Hasta que no lo detengan, no debes salir del ático sin Pedro. ¿Comprendes?

Ellie agitó la cabeza y le alborotó el pelo a su esposo.

–¿Por qué no simplemente lo admites?

–¿Admitir el qué?

–Que me amas –contestó ella, mirándolo fijamente a los ojos.

Diogo se quedó mirándola y la frente se le llenó de sudor.

–¿Qué?

–Me amas, Diogo –repitió Ellie, sentándose en la cama–. Al igual que yo te amo a ti. Llevo enamorada de ti desde hace mucho... creo que desde la primera vez que me pediste que fuera a tu despacho para realizar una memoria del acuerdo Trock.

Diogo se puso tenso y se apartó de ella. Su buen humor se había terminado.

¿Amarla? El amor era para las mujeres que no sabían mucho de la vida.

Y para los hombres que eran demasiado débiles como para controlarse.

El amor convertía a los hombres en estúpidos. Los hacía vulnerables.

Y él no podía permitir que le ocurriera nada de eso. No cuando había tanto en juego.

–Me amas –susurró Ellie–. Por favor, necesito oírlo. Durante todos estos meses he estado rezando y esperando que lo dijeras. Pensé que, si te demostraba cuánto te amo y te daba un amoroso hogar, tú...

–Ellie, no puedo ocuparme de esto ahora –contestó él, dándose la vuelta–. Tengo que ducharme.

–¿Diogo?

–No te amo, ¿comprendes? –espetó él con fiereza. Ella se quedó pálida. Trató de hablar, pero no pudo.

–No te amo –insistió Diogo–. Y si tú me amas a mí, lo siento mucho. Jamás quise tu amor. Tenemos una asociación, querida. Una amistad. Una intensa conexión en la cama. Una familia maravillosa. Pero eso es todo. ¡Por el amor de Dios, debería ser suficiente!

–No te creo –respondió Ellie apasionadamente–. La manera en la que me besas, la manera en la que quieres protegerme...

Repentinamente, Diogo se marchó de la habitación y se dirigió al cuarto de baño.

–Tengo que arreglarme.

Se dio una ducha muy rápida y se vistió apresuradamente. Cuando regresó al dormitorio vio que ella estaba sentada en el sofá de la salita que éste tenía. Se había puesto su bata, estaba abrazándose a sí misma y mirando al suelo.

–Ellie... –comenzó a decir él, conmovido– podemos hablar más tarde.

–Está bien –contestó ella débilmente–. Más tarde.

Ellie no levantó la mirada al marcharse él, que se dirigió a su moderna oficina en la Avenida Rio Branco. Se vio con Andrew MacCandless, jefe de seguridad internacional de su compañía, y leyó los informes sobre los últimos movimientos de Wright. Éste había viajado a Sao Paulo desde Nueva York en un avión que le habían prestado. Según parecía, le había prometido a una pareja de Park Avenue que pronto recibirían unos gemelos recién nacidos a cambio de cuatro millones de dólares.

Diogo se dijo a sí mismo que lo iba a encontrar. Le ordenó a su jefe de seguridad que llevara a Río un pequeño ejército si eso era lo que se requería. Justo cuando éste se marchó para llevar a cabo las órdenes de su jefe, su secretaria le habló por el interfono.

—Su esposa está aquí, señor.

—¿Aquí?

—Me acaban de informar desde la recepción de la planta de abajo. ¿Les digo que la hagan subir?

Diogo no quería ver a Ellie en aquel momento. No había nada de qué hablar. Ella lo amaba, pero él no la amaba a ella.

Y ver su dolor le destruía. Le distraía...

Pero no podía hacerla marchar.

—Que la hagan subir.

Mientras la esperaba se percató de que prefería morir antes que permitir que algo le pasara a su esposa. Y ello significaba que la amaba...

Se quedó petrificado.

Ellie había cambiado todo en su vida. Había convertido una existencia fría y vacía en una vida llena de color y de amor.

Se reprendió a sí mismo por haber sido tan estúpido y no haberse dado cuenta antes de que la amaba. Además, el amor no le hacía vulnerable, sino que saber que su amor era correspondido por ella le hacía sentirse más fuerte que nunca...

Oyó que alguien llamaba a la puerta. Su esposa entró en el despacho. Estaba pálida.

–Ellie –dijo él, acercándose a ella de inmediato. Estaba desesperado por abrazarla–. *Meu amor*. Me alegra tanto que estés aquí. Tengo que decirte que... esta mañana, cuando...

Ella se echó para atrás.

–No me toques.

Diogo se quedó helado. No pudo apartar la mirada de la cara de ella y se dio cuenta de que la expresión que ésta reflejaba era distante y extraña. No parecía Ellie.

–He venido a despedirme –dijo ella–. Me marcho.

–¿Qué? –susurró él.

–Has dejado bastante claro que jamás me amarás, así que me marcho a casa. A Nueva York.

–No –agarrándola con fuerza, Diogo la miró–. Ellie, tienes que escucharme. Jamás debí haberte dicho lo que te dije esta mañana...

–Pues a mí me alegra que lo hicieras –interrumpió ella–. Ya era hora de que me enfrentara a la verdad.

–Eres mi esposa y estás embarazada de mis hijos. No quiero que te marches. Nunca.

–No me queda otra opción –contestó ella, apartando la mirada.

–Pero, Ellie, yo... yo... –Diogo trató de confesarle que la amaba, pero le fue imposible–. Sí que tienes otra opción. No te estoy ordenando que te quedes. Te lo estoy pidiendo –añadió. Entonces habló en voz muy baja–. Por favor, quédate. Por mí.

–No puedo –contestó Ellie con lágrimas en los ojos–. Quiero el divorcio.

–¿El divorcio? Pero... ¿por qué? –quiso saber él, que apenas podía respirar debido al nudo que tenía en la garganta.

–Estoy enamorada de otra persona.

–¿De quién? –exigió saber Diogo.

–De Timothy –respondió ella, susurrando.

Diogo se quedó boquiabierto. No comprendía nada.

–Tú nunca me trataste como yo quería –continuó Ellie–. Jamás me compraste flores ni me leíste poesía. No sabes nada del amor. Y Timothy sí. Él es el hombre que yo quiero.

Cada palabra que decía ella era como un navajazo en el cuerpo de él.

–Timothy Wright es un monstruo –espetó Diogo, enfurecido–. No puedes amarlo.

–Pero lo amo –insistió ella–. Podemos compartir la custodia –ofreció–. Los bebés llevarán tu apellido, pero yo obtendré el divorcio.

–No –contestó él, agarrándole el brazo con fuerza–. No, Ellie. ¡Maldita sea, no! ¡No voy a permitir que te marches!

–¡Me estás haciendo daño!

–Timothy Wright jamás se acercará a mis hijos –espetó Diogo, soltándola–. Ha acumulado una fortuna durante los anteriores dos años arruinando vidas inocentes.

–Yo protegeré a nuestros hijos...

–¿Tú? Tú no puedes proteger a nadie. Eres tan débil como al principio pensé que eras. No le eres fiel a tus hijos ni a... –Diogo hizo una pausa. Le dolía demasiado decir que no le era fiel a él–. ¿Qué le diré a Catia? ¿Que otra madre la ha dejado?

–Dile... –Ellie cerró los ojos–. Simplemente dile

que la quiero. Y que todo lo que quise hacer fue mantenerla segura.

–No –contestó él. No podía creer que aquello estuviera realmente pasando. La angustia se apoderó de su cuerpo–. Eres mi esposa, Ellie. Te necesitamos. Yo te necesito.

–Diogo...

Él la abrazó y le mostró su corazón dándole un apasionado beso. Cuando se apartó de ella la miró a la cara en busca de lo que tanto había llegado a amar.

–¿Y a mí? –preguntó, susurrando–. ¿Qué tienes que decirme a mí?

–Todo lo que tengo que decirte es... adiós.

Diogo abrió la boca con la intención de decirle que no pretendía dejarla marchar. Ella era su esposa. La madre de sus hijos. La iba a forzar a quedarse con él ya que Ellie le pertenecía.

Pero entonces se percató de que las cosas no eran de aquella manera. Ella no le pertenecía.

Ambos pertenecían juntos.

Si ella quería ser libre, él no podía forzarla a quedarse a su lado. No podía atarla a la cama.

La amaba.

Respiró profundamente. Sin Ellie ya no serían una familia y él habría perdido todo lo que había llegado a amar.

Pero como la amaba no tenía otra opción que dejarla marchar.

–Hasta que nazcan los bebés, Pedro estará constantemente a tu lado –informó con frialdad–. Después, podrás hacer lo que quieras. Te concederé el divorcio.

–Pedro ya me está esperando –contestó ella.

–Bien –espetó él, dándose la vuelta al sentir cómo

las lágrimas amenazaban sus ojos–. *Sai fora*, Ellie, me pone enfermo mirarte. No te marches de Río. Mi abogado se pondrá en contacto contigo.

Ella se dio la vuelta para marcharse, pero al llegar a la puerta se detuvo.

–Adiós, Diogo –dijo sin mirarlo–. Siempre te amaré.

Él se sentó en la silla de su escritorio una vez ella se hubo marchado. Puso la cabeza entre las manos. Había confiado en Ellie. La había amado. Y había estado completamente seguro de que ella también lo amaba a él.

De repente recordó lo que su esposa le había pedido que le dijera a Catia. Que la amaba y que todo lo que había querido hacer había sido mantenerla segura.

Catia.

Agarró el teléfono. Telefoneó al móvil de Ellie y al de Pedro, pero ninguno contestó. A continuación telefoneó a los miembros de seguridad del edificio, quienes le informaron de que la señora Serrador y su guardaespaldas ya habían salido de allí.

Con las manos temblorosas, telefoneó a los miembros de su personal en el hotel. Pero nadie contestó. Finalmente obtuvo resultado al telefonear a su jefe de seguridad.

–Acabo de llegar al Carlton Palace, señor Serrador –contestó Andrew MacCandless–. Parece que alguien ha dejado fuera de juego a todos los guardaespaldas al ponerles algo en el café. Nadie ha muerto, pero me acabo de encontrar a Guilherme encerrado en un armario. Respira con dificultad... parece que alguien lo ha intoxicado con cloroformo. Hay una ambulancia de camino.

–¿Y Catia? –exigió saber Diogo. Estaba muy nervioso.

–No la he visto, señor Serrador –contestó Mac-Candless–. Estamos buscando por todo el edificio. Pedro Carneiro estaba con ella cuando salió de la casa del General esta mañana.

Pedro...

Diogo había confiado en su guardaespaldas para proteger a su esposa y a su hija. Pero éste era el hermano de su antiguo rival en la favela... el hombre que jamás le había perdonado el hecho de haber conseguido una vida mejor.

En ese momento comprendió cómo había sido traicionado y cómo los anónimos habían llegado a su casa, a su despacho, a su coche...

–Pedro Carneiro nos ha traicionado. Está trabajando para Wright. Encontradle y así llegaremos a Catia... y a Ellie.

Ellie... ella jamás había dejado de amarlo. Había estado tratando de protegerlos... a todos.

Capítulo 15

LO HE hecho –dijo Ellie en voz baja–. Le dije que quería el divorcio porque estaba enamorada de ti. Ahora cumple tu parte del trato y déjala marchar.

Timothy sonrió. Su sonrisa era la misma, pero todo lo demás en él había cambiado. No se había afeitado durante meses y su ropa estaba sucia y arrugada.

Estaba casi irreconocible, pero no sólo con respecto a su apariencia. Ellie jamás se hubiera imaginado que mantendría a una niña de seis años como rehén para vengarse. Miró a la asustada pequeña y le costó creer que no hacía mucho ella misma se había sentido mal por la manera en la que había tratado a Timothy Wright.

–Buen trabajo –contestó él, asintiendo con la cabeza–. Sabía que sólo necesitabas la motivación precisa para deshacerte de Serrador.

–Deja que la niña se marche –pidió Ellie, frunciendo el ceño.

–Sí, claro. De todas maneras nunca me han gustado mucho los niños –respondió Timothy, empujando a Catia hacia Pedro–. Llévala a su casa, o lo más cerca posible que puedas sin que te arresten –le ordenó al guardaespaldas. Entonces volvió a dirigirse a Ellie–.

¿Ves? No soy una mala persona. Simplemente tú me has forzado a hacer cosas malas.

Catia sollozó y Ellie se arrodilló delante de ella. La abrazó estrechamente.

–Todo saldrá bien –susurró–. Estarás segura. Él te va a llevar a casa –entonces se dirigió a Pedro–. Si le haces daño...

–No lo haré. Estoy en esto por el dinero –contestó el guardaespaldas–. Además, no es de mí de quien debería preocuparse, *senhora*. *Tchau*.

Mientras se marchaban, Ellie cerró los ojos y rezó para que la pequeña estuviera bien. Diogo la encontraría. Pensó que éste ya se habría percatado de que ella jamás se divorciaría de él, no cuando le había dicho que lo amaría para siempre...

–Por fin solos –dijo Timothy, esbozando una empalagosa sonrisa.

Ella miró la vieja casa de hormigón en la que se encontraban, casa situada en el laberinto de las favelas, y sintió cómo su tripa se ponía tensa con una nueva contracción. Había estado sintiendo contracciones durante toda la mañana. Había sentido la primera después de que Diogo le hubiera dicho que no la amaba y, en cuanto Pedro le hubo entregado la nota de Timothy, se habían hecho más intensas.

–¿Por qué has hecho esto? –preguntó–. ¿Por qué me has obligado a decirle todas esas cosas horribles a Diogo?

–Quería que él supiera cómo se siente el perder lo que más se ama –contestó Timothy–. Quería que sintiera cómo le rompían el corazón.

–Pero él no sentirá nada de eso. ¡No me ama!

–Llevo observándoos a los dos durante meses. Él

no ha estado con ninguna otra mujer. Ni siquiera las
mira. Llegaba a casa a las cinco en punto. ¿Tratas de
decirme que no está enamorado? Buen intento.

Ellie se preguntó si aquello podría ser cierto, si sería posible que Diogo la amara...

–Diogo Serrador piensa que es muy poderoso.
Tiene una buena apariencia física, encanto, millones.
Pero aun así yo le he superado. Te he ganado a ti.

En ese momento ella sintió una nueva contracción.
Pero ésta fue más larga e intensa que las anteriores. La
hizo sentirse débil y comenzó a sudar...

–Oh, Ellie –dijo Wright, sentándose en la cama y
mirándola con una avergonzada expresión reflejada en
la cara–. Te amo tanto, ¿no te das cuenta? Haría lo que
fuera por ti. Desde aquel día en el que te vi en el Dairy
Burguer con tu pelo rubio brillando como un ángel,
supe que eras distinta del resto. Jamás te reíste de mí.
Me respetabas. Me admirabas. Y supe que serías mía.
Pero siempre estabas tan preocupada por el dinero que
me di cuenta de que tenía que ser rico para ti.

–Y lo conseguiste, ¿verdad? –comentó ella, sintiendo cómo el dolor se apoderaba de su cuerpo–.
Vendiste bebés para conseguir un beneficio.

–Parejas sin hijos, mujeres que pasaban demasiado
tiempo en sus carreras... Todos tan ricos y tan deses-
perados por tener hijos. Mientras que hay muchas mujeres pobres que dan a luz hijos a los que no pueden
mantener. O proteger. Simplemente estaba ofreciendo
un servicio. Lo hice por ti, Ellie. Siempre por ti.

Ella se sintió enferma. No comprendió cómo no se
había dado cuenta antes del verdadero carácter de Timothy, de la profunda obsesión que sentía hacia ella.

–Pero Serrador lo estropeó todo –comentó Wright,

mirando la tripa de ella. Frunció el ceño–. Si no fuera por él, ahora mismo estarías embarazada de un hijo mío. Te hubiera tenido en la cama cada noche. Deseándome. Sólo a mí...

–No, Timothy –dijo ella en voz baja–. Cometí un error. Jamás debí haber aceptado casarme contigo. Lo que tú sientes por mí no es amor. Ni siquiera me conoces.

–Quizá tengas razón –concedió él–. La mujer a la que yo adoraba era inocente y pura. Jamás se hubiera abierto de piernas como una mujerzuela ante un *playboy* brasileño...

Ellie gritó. Timothy se levantó de la cama y la agarró del brazo.

–¡Lo siento! –se disculpó–. Sé que todo fue culpa de él. Te raptó. Ésa es la única explicación. ¿Pero te das cuenta de cómo el amor te puede llevar a hacer locuras? Verte embarazada me está perturbando. Pero no será por mucho tiempo...

–¿Qué quieres decir? –preguntó ella, susurrando.

–Conozco a un médico de por aquí. Dentro de una hora más o menos te va a ayudar a dar a luz y después serás libre para venir conmigo.

¿Libre? Aquella palabra aterrorizó a Ellie.

–Los bebés... no salgo de cuentas hasta dentro de dos semanas –comentó.

–Falta muy poco. Los pequeños mocosos estarán bien. Irán a Manhattan con sus nuevos padres, los cuales me han pagado una gran cantidad de dinero a cambio de unos gemelos recién nacidos. Ahora soy un hombre rico, Ellie. No tanto como Serrador, pero te puedo comprar lo que quieras. Jamás tendrás que volver a trabajar. Tu único trabajo será amarme...

La tripa de Ellie se puso tan tensa que ésta casi se cayó al suelo. Se dijo a sí misma que debía salir de allí. Si daba a luz a sus gemelos en aquel momento, Timothy se los quitaría. Diogo y ella jamás los volverían a ver.

Tenía que ser fuerte. Por sus hijos... ¡y por el hombre que amaba!

—Si te llevas a los bebés, Diogo te matará —le advirtió a Timothy, sentándose en la cama al sentir cómo las piernas amenazaban con fallarle.

—Ni siquiera me encontrará —contestó él con desdén—. En cuanto nos marchemos de aquí, desapareceremos para siempre.

Ellie no podía permitir que aquello ocurriera. Tenía que distraerle. Con el corazón revolucionado, se desabrochó los botones superiores de la camisa para que Timothy pudiera verle el escote.

—Oh, hace mucho calor aquí —comentó, abanicándose—. ¿Por qué no permites que Diogo se quede con los bebés, Timothy? Entonces nosotros dos nos podremos marchar juntos.

—Quiero que Serrador sufra —susurró Wright—. Y esos bebés son mi modo de conseguir dinero para huir. Quiero esos cuatro millones de dólares. El avión privado nos llevará al oeste de África, a un lugar en el que él jamás nos encontrará.

Ella trató de enmascarar su miedo.

—¿Por qué tienes tanta prisa por marcharnos? —preguntó, tumbándose en la cama—. ¿Por qué no nos podemos quedar y divertirnos aquí mismo?

—Sí... —estremeciéndose, Timothy hundió la cara en el pelo de ella y respiró profundamente.

Ellie sintió cómo acercaba las manos para tocarle

los pechos. Le ponía enferma, pero se forzó en mantenerse quieta.

Se preguntó dónde estaría Diogo. Él era tan poderoso, tan inteligente. Sabía que los encontraría, sólo tenía que darle tiempo para hacerlo.

Timothy le apretó un pecho con cuidado para a continuación acariciarle el otro.

—Sí —dijo—. Es estupendo... como siempre pensé que sería.

Pero la repugnancia se apoderó de Ellie. Al tratar él de besarla, luchó para evitarlo. Y cuando Timothy se echó sobre su cuerpo le dio una patada en la cara.

Él cayó de espaldas, aturdido. Pero al tratar ella de salir de la casa, Timothy la agarró del pelo. Gruñendo, la volvió a tumbar en la cama.

—Es así como van a ser las cosas, ¿verdad? —dijo él, agarrando un cuchillo de una bandeja—. Está bien. Lo haremos a tu manera...

Al levantar Timothy el cuchillo, Ellie emitió un desesperado grito.

En ese preciso instante alguien se acercó a Wright y lo tiró al suelo.

—Serrador —gimoteó Timothy—. ¿Cómo...?

Diogo no contestó. Pero bajo la máscara de cólera que reflejaba su cara, Ellie reconoció el miedo. *Había tenido mucho miedo de perderla.*

Timothy se levantó del suelo y trató de clavarle el cuchillo. Diogo le dio un puñetazo en la cara, pero Wright le clavó el cuchillo en la mano. La sangre brotó de los dedos del brasileño, pero su cara no reflejó más que rabia... no había rastro de dolor.

En ese momento el cuchillo cayó al suelo.

–Compasión, por favor –suplicó Timothy, tratando de proteger su cara–. No me hagas daño.

–Ya te mostré compasión en dos ocasiones –contestó Diogo, dándole de nuevo un puñetazo en la cara–. Pero tú has amenazado a mi esposa y a mis hijos. ¡Jamás volveré a tener compasión contigo!

–Diogo –susurró ella–. No me ha hecho daño. Por favor... déjalo marchar.

–¡Sí, déjame marchar! –exigió Timothy.

–Te dejaré marchar, Wright –concedió Diogo–. Pero sólo porque ella me lo ha pedido. Pero si te vuelvo a ver alguna vez...

–¡Jamás me volverás a ver!

Ellie volvió a sentir una fuerte contracción.

–Ayuda, Diogo –suplicó con la voz entrecortada–. Los bebés...

–Ellie, ¿qué ocurre? –preguntó su esposo, acercándose a ella de inmediato.

–¿Catia? –quiso saber ella–. ¿La... encontraste...?

–La niña está bien –contestó él–. La tenemos. También encontramos a Pedro. Pero si Wright te ha hecho daño...

–Estoy bien –respondió ella entre sollozos–. Pero estoy teniendo contracciones. Los bebés ya vienen.

Diogo la tomó en brazos.

–Ahora estás a salvo, querida –dijo de manera tranquilizadora–. Mis guardaespaldas están justo aquí fuera. Te llevaremos al hospital.

–Viniste a por mí –comentó Ellie, acariciándole la cara–. Sabías que jamás te dejaría. Sabes que te amo para siempre.

–Lo sabía... simplemente tardé demasiado tiempo en darme cuenta. Perdóname por haber sido un cobarde y un tonto –Diogo la miró con el brillo de las lágrimas reflejado en los ojos–. Te amo, Ellie. Tu fuerza, tu corazón puro... Quiero que sepas que te amaré hasta el día en que muera.

Ella sintió cómo la alegría se apoderaba de su cuerpo.

Pero vio cómo Timothy se acercaba a ellos con una pistola en la mano...

–¡Diogo! –gritó–. ¡Cuidado!

Diogo se dio la vuelta con ella en brazos. Pero lo hizo despacio, demasiado despacio...

–Si yo no puedo tenerla... –dijo Timothy con voz ronca.

Entonces disparó.

Epílogo

OH, MAMÁ, mira! ¡Nieve!

El día de Navidad amaneció soleado, aunque había nevado por la noche. Ellie levantó la mirada. Estaba sentada en el sofá del salón de su nuevo hogar de Nueva York. Tenía a uno de sus pequeños de seis semanas en brazos, mientras la hermana gemela de éste dormía en la cunita a su lado. Reinaba la tranquilidad ya que los empleados tenían el día libre.

–¿Podemos salir, mamá? –suplicó Catia, a quien Ellie había adoptado oficialmente–. Por favor.

–¡Es el día de Navidad! –contestó su madre–. ¿No quieres abrir tus regalos?

–Sí, pero... –contestó la niña, mirando el árbol de Navidad–. ¡Nunca antes había visto la nieve!

Ellie oyó cómo crujían las escaleras. Le encantaba oír cómo crujían las cosas en aquella casa de cien años de antigüedad... sobre todo cuando reconocía las pisadas.

–Diogo –dijo. Se le iluminó la cara al entrar él en la sala.

Incluso vestido con una camiseta blanca, pantalones de pijama y con el pelo alborotado, para ella era el hombre más guapo del mundo.

–Ellie –Diogo se acercó a su esposa y sonrió. Entonces le dio un beso en los labios–. *Feliz Natal, meu amor.*

–Feliz Navidad –contestó ella, acariciándole la mejilla.

–¿Papá? –dijo Catia alegremente–. ¿Podemos ir a jugar con la nieve?

–Espera un momento, pequeña –respondió su padre, estirándose.

–Gracias por hacerle compañía a Gabriel ayer por la noche –dijo Ellie, sonriendo al percatarse de las ojeras que tenía Diogo.

–No hubiera querido hacer otra cosa –contestó él, mirando el bebé que su esposa tenía en brazos.

Ellie pensó que la vida era un milagro. Desde que el padre de sus hijos le había dicho que la amaba, cada día era un nuevo y preciado milagro para ella.

Cuando Timothy les había apuntado con la pistola en la favela, había pensado que sus vidas se habían terminado. Había sentido cómo Diogo se había girado para proteger tanto a los bebés como a ella con su cuerpo. Pero cuando el equipo de guardaespaldas había entrado en la favela, Timothy había dirigido la pistola contra sí mismo.

Los bebés habían nacido en el Bentley de Diogo, camino del hospital. A pesar del miedo ante las complicaciones de un parto múltiple y de dar a luz en un coche, tanto Ana como Gabriel habían nacido perfectamente. Otro regalo más por el que estar agradecida...

Navidades en Nueva York. Tres semanas atrás Diogo le había comprado aquella histórica mansión de nueve habitaciones y cada día encontraba una nueva manera de hacerla feliz. No se daba cuenta de que simplemente el hecho de que la amaba ya era el mayor regalo de todos.

–¿Dónde está Ana? –preguntó él.

–Durmiendo en la cunita.

–¡Qué afortunada! –exclamó Diogo. Bostezando, se dirigió a la cocina para servirse café.

Había estado despierto casi toda la noche con su hijo. Parecía que Gabriel sólo dormía por las noches si su padre lo tomaba en brazos y le daba paseos por los pasillos de la mansión.

Ellie miró con cariño a la pequeña Ana, la cual dormía mucho mejor que su hermano.

–¡Papá! –suplicó Catia, dando saltitos. Ya se había puesto el abrigo encima del pijama y botas en sus descalzos pies.

–Yo puedo ayudarte, pequeña –dijo Lilibeth al bajar las escaleras–. Te puedo enseñar cómo hacer un muñeco de nieve. Deja que me pinte los labios y nos vamos.

–¿Pintarte los labios? –exclamó Ellie–. ¿Con quién esperas encontrarte en el jardín?

–Una mujer nunca sabe dónde encontrará a su príncipe azul –contestó Lilibeth con ligereza–. Aunque yo sólo estoy libre hasta año nuevo. ¡Harold Wynn me va a llevar al baile que se celebra en Flint!

Ellie contuvo una sonrisa. Su abuela insistía en mantener su propia casa en Flint, aunque con frecuencia visitaba Nueva York durante los fines de semana para ver a sus nietos y comprar en la Quinta Avenida. Se había convertido en la reina de su pueblo, donde se paseaba por todas partes con su Ferrari amarillo. Incluso había comprado la mansión que se había puesto a la venta tras el suicidio de Timothy. Era la casa más grande de Main Street.

A Ellie todavía le dolía recordar cómo Timothy se había quitado la vida aquel día en la favela, aunque al

mismo tiempo le agradaba saber que ya no amenaza-
ría más a su familia ni le robaría el bebé a ninguna
otra mujer para ganar dinero.

Abrazó a su hijo estrechamente y observó cómo su
abuela salía al jardín para jugar con Catia.

–¡Papá, tú también debes venir! –insistió la pequeña, deteniéndose en la puerta–. ¡Ven! –ordenó antes de salir fuera.

–Supongo que tengo que salir a jugar con la nieve
–comentó Diogo–. A no ser que me necesites –añadió,
esperanzado.

–Yo siempre te necesito –contestó Ellie, sonriendo–.
Pero creo que en este momento Catia te necesita más.

Durante varios segundos ambos se quedaron mirando a sus bebés.

–Gracias por hacerme el mejor regalo que se le
puede hacer a un hombre –dijo él–. Te amo, Ellie.

Ella abrió la boca para contestar, pero Diogo la detuvo dándole un beso que en pocos instantes se convirtió en algo mucho más provocativo.

–Más tarde te daré tu regalo de Navidad –comentó
al dejar de besarla.

–¿Otro regalo? ¡Ya me has comprado esta casa!

–Tengo otra cosa en mente.

Al ver la hambrienta expresión que reflejaba la cara
de su marido, Ellie supo lo que pretendía darle y se estremeció. Hacía mucho que no hacían el amor ya que
habían estado muy ocupados tras el nacimiento de los
gemelos...

–En cuanto se queden dormidos, serás mía –susurró él. Tomó su abrigo del armario que había en el
pasillo y se detuvo en la puerta del jardín–. Siempre
he querido hacerle el amor a una mujer que no lle-

vara otra cosa puesta que una gargantilla de diamantes.

–Pero yo no tengo...

–No has visto lo que hay a los pies del árbol –contestó Diogo pícaramente, saliendo al jardín a continuación.

Observando cómo su abuela, esposo e hija se tira-
ban pelotas de nieve los unos a los otros, Ellie se percató de que nunca antes se había sentido tan feliz.
Miró cómo dormían sus dos pequeñines. Jamás había
soñado que la vida pudiera ser de aquella manera. El
destino le había deparado una vida mucho mejor de la
que ella jamás se había imaginado.

El destino... y Diogo.

Bianca™

¡El jeque quería tomarse la revancha!

Para el jeque Salim al Taj, lo único importante eran los negocios. Pero después de pasar una noche con Grace, empleada suya, su punto de vista cambió. ¡Ahora sólo deseaba estar con ella!

Cuando Salim puso fin a su apasionada aventura, no pudo creer que Grace se hubiera ido de la empresa, llevándose al parecer bastante dinero. Así que decidió dar un escarmiento a su indómita amante… sin piedad y de forma lenta y placentera…

La amante indómita del jeque

Sandra Marton

Acepte 2 de nuestras mejores novelas de amor GRATIS

¡Y reciba un regalo sorpresa!

Oferta especial de tiempo limitado

Rellene el cupón y envíelo a
Harlequin Reader Service®
3010 Walden Ave.
P.O. Box 1867
Buffalo, N.Y. 14240-1867

¡Si! Por favor, envíenme 2 novelas de amor de Harlequin (1 Bianca® y 1 Deseo®) gratis, más el regalo sorpresa. Luego remítanme 4 novelas nuevas todos los meses, las cuales recibiré mucho antes de que aparezcan en librerías, y factúrenme al bajo precio de $3,24 cada una, más $0,25 por envío e impuesto de ventas, si corresponde*. Este es el precio total, y es un ahorro de casi el 20% sobre el precio de portada. !Una oferta excelente! Entiendo que el hecho de aceptar estos libros y el regalo no me obliga en forma alguna a la compra de libros adicionales. Y también que puedo devolver cualquier envío y cancelar en cualquier momento. Aún si decido no comprar ningún otro libro de Harlequin, los 2 libros gratis y el regalo sorpresa son míos para siempre.

416 LBN DU7N

Nombre y apellido	(Por favor, letra de molde)	
Dirección	Apartamento No.	
Ciudad	Estado	Zona postal

Esta oferta se limita a un pedido por hogar y no está disponible para los subscriptores actuales de Deseo® y Bianca®.
*Los términos y precios quedan sujetos a cambios sin aviso previo.
Impuestos de ventas aplican en N.Y.

Deseo™

Ámame otra vez

Ann Major

Después de tres años de separación, Diana volvió a encontrarse con su marido, Ross. Ella era una importante decoradora de interiores en Houston, pero nada podía llenarla de verdad... hasta que Ross irrumpió de nuevo en su vida. Él conocía demasiado bien el infierno que se escondía tras la aparente calma de su mujer, pero no supo controlar la fuerza de su propia pasión, ni tampoco a la mujer que estaba dispuesta a hacer cualquier cosa por conseguir su amor.

Aquel amor era lo único que le daba sentido a su vida

Bianca™

Bajo el sol de Sicilia, su amante lo tienta como nadie.

Su relación es tórrida, el deseo indescriptible... Sólo que nunca se puede hablar de amor...

Pero Faith, su sorprendente e intrigante amante norteamericana, está poniendo a prueba su resolución. Él dice que jamás volverá a casarse, que sus principios no se lo permiten.

La única persona que puede domar al indomable Tino es Faith, la mujer que va a tener un hijo suyo...

Bajo el sol de Sicilia

Lucy Monroe